눈치 게임

초판 1쇄 발행 2023년 12월 30일

글 정해윤
펴낸이 정혜숙
펴낸곳 마음이음

책임편집 여은영   **디자인** 김세라
등록 2016년 4월 5일(제2016-000005호)
주소 03925 서울시 마포구 월드컵북로 402, 9층 917A호(상암동 KGIT센터)
전화 070-7570-8869 **전자우편** ieum2016@hanmail.net **팩스** 0505-333-8869
블로그 https://blog.naver.com/ieum2018

ISBN 979-11-92183-75-6 43810
       979-11-960132-5-7 (세트)

※ 이 도서는 2023년도 한국문화예술위원회 아르코문학창작기금 발간지원 사업에 선정되어 발간되었습니다.
※ 이 책은 광주광역시 광주문화재단의 지역문화예술육성지원사업으로 지원 받아 발간되었습니다.

눈치
게임

정해윤 소설

마음이음

• 차 례 •

야매 시인

하영이 할머니는 야매 시인이다. 이건 누가 한 말이 아니고, 하영이 할머니가 자신에게 하는 말이다. 그게 어느새 할머니의 별명이 되어 버렸다. 하영이가 초등학생 때였으니 벌써 야매 시인이 된 지 2년이 넘었다.

별명이 생긴 그날, 선생님은 할머니 시를 읽고 감동한 얼굴로 말했다.

"안심 할머니, 할머니는 시인이에요. 시인!"

할머니는 몹시 놀라면서도 쑥스러운 표정으로 맞받았다.

"제가 무슨 시인이에요. 저는 그냥 시 흉내나 내는 야매구만요. 야매 시인요."

"야매는요, 진짜 시인이에요."

선생님과 할머니의 말을 듣고 같은 반 상호가 물었다.

"선생님, 야매가 뭐예요?"

"응? 돌팔이랑 일맥상통한 말인데, 그게 그러니까 정통한 그 무엇이 아니라는 말이야."

상호는 선생님 말을 잘 이해했는지 모르겠지만, 그날 이후 할머니는 아이들에게 야매 시인으로 통했다. 할머니는 문해 학교에서 글공부를 하고, 초등학생이 되면서 본격적으로 시를 쓰기 시작했다. 그런데 학교 백일장은 물론 학교 대표로 나간 대회에서 상을 휩쓸기 시작했다. 그렇게 할머니는 동네의 시인이 되었다.

할머니는 상보다 글에 자신의 인생과 의미가 담기는 게 놀랍다고 했다. 그리고 그 글이 누군가에게 가 닿아 새로운 의미와 생각을 준다는 것에 감격했다.

안심 할머니는 '사물을 보는 눈이 새롭고 자신만의 깊이로 해석하는 눈'이 있다는 평을 받으며, 할머니의 시 쓰기는 일취월장했다. 안심 할머니는 가을에 있을 도내 백일장에 군 대표로 출전을 앞두고도 있다. 그런데 돌연 할머니가 시를 쓰지 않겠다는 절필을 선언했다.

하영이뿐 아니라 그 누구도 절필 사유를 모른다는 것이 문제였다. 하영이는 할머니가 시를 쓰지 않는 까닭을 알아내려 애썼지만 왜 그러는지 알 수가 없었다.

글자를 깨치면서 세상을 재밌게 살던 할머니가 돌연 절필하니, 하영이 아빠나 고모들의 걱정이 이만저만이 아니었다. 나이 들어서 온 갑작스런 변화에 걱정하는 것 같았다. 특히 하영이네 작은

고모가 전전긍긍이었다. 결국 고모는 하영이가 거부할 수 없는 특명을 내렸다.

하굣길에 하영이는 할머니를 찾아 초등학교로 갔다. 중간고사를 치른 마지막 날이어서 시간 여유가 있었다. 여름의 막바지 햇살이 눈부시게 쏟아지는 날이었다. 할머니와 나란히 걷던 하영이가 단도직입적으로 물었다.

"할머니, 이제 시 안 쓸 거야?"

"응. 근데 그건 왜?"

"왜는 왜야. 학교 문집 만들려면 할머니 시가 있어야지. 무엇보다 도내 백일장은 어떻게 할 거야?"

"몰라……."

할머니가 한숨을 내쉬었다. 할머니의 긴 한숨만큼 하영이의 마음도 다급해졌다. 임무 수행이 코앞으로 다가왔는데 더 늦기 전에 무슨 수를 써야 했다.

작은고모는 칠순을 맞은 할머니를 위해 시집을 출간할 계획이라고 했다. 그러면서 하영이에게 말했다.

"하영아, 할머니 시 좀 모아 줘."

하영이는 "제가요?" 하며 눈을 동그랗게 떴다. 고모가 눈을 찡긋했고 그 자리에서 자신의 핸드폰을 내밀었다.

핸드폰 화면에는 최신형 태블릿이 현란한 자태를 뽐내고 있었다. 그걸 본 하영이는 망설임 없이 갖고 싶었던 태블릿을 찜했다. 작은고모는 흔쾌히 태블릿을 주문했다. 그렇게 하영이는 할머니의 시 수집가가 되었다. 그런데 할머니가 시를 쓰지 않으니 난감할 노릇이었다.

처음에는 '시상이 떠오르지 않은가 보지 뭐.' 하며 대수롭지 않게 생각했다. 하지만 하루 이틀…… 한 달이 넘어가자 하영이는 슬슬 걱정이 되었다.

하영이는 최대한 시를 많이 모으겠다는 고모와의 약속은커녕 한 편도 손에 넣지 못했다. 한 권의 시집이 되려면 최소 50여 편은 필요하고, 선별을 위해서는 훨씬 많은 시가 필요하다는데 큰일이었다.

하영이는 함정에 빠진 기분이었다.

"왜 몰라? 요새 무슨 일 있어?"

하영이가 할머니의 눈치를 살폈다.

"일은 무슨, 그냥 마음이 진정이 안 돼. 나 좀 빠진다고 문집을 못 만들겠어?"

"학생이 몇 명이나 된다고 할머니를 빼요."

초등학생이라야 전교생이 고작 7명뿐이다. 할머니까지 합친 숫자다. 하영이가 다니는 중학교도 그렇지만 서울 학교에 비하면 초등학교나 중학교나 놀이방 수준이다.

"그건 그렇다. 하영아, 나 있잖아…… 시를 안 쓰는 게 아니라 못 쓰겠어."

"그게 무슨 말이야?"

하영이가 걸음을 멈췄다. 할머니가 또 한숨을 쉬며 답답하다는 듯 말했다.

"시를 안 쓰는 게 아니라 못 쓰겠다니까. 나도 쓰고 싶은데 도무지 써지지가 않아."

"왜?"

"몰라. 나도."

"자기 일을 자기가 모르면 누가 알아?"

"어휴, 그러게. 하영아, 우리 아이스크림이나 먹을까?"

"할머니가 사는 거야?"

"당연하지."

할머니가 문방구 겸 슈퍼인 마트로 쑥 들어갔다. 하영이는 쭈쭈바를, 할머니는 막대 아이스크림을 골랐다. 할머니와의 하굣길은 늘 설레었다. 할머니가 초등학교에 입학하고 하영이가 졸업할 때까지 누린 즐거움이었다. 등교하는 아침마다 할머니는 돈을 챙겼다. 하영이와 군것질하거나 만화방에 가거나 노래방에 들르기 위해서였다. 하지만 지금은 이런 여유를 부릴 때가 아니었다. 고모가 걱정한 것처럼 사태가 심각해 보였다.

"할머니, 매너리즘에 빠진 거 아니야?"

"매너? 그게 뭔데?"

"시를 쓸 수 없는, 그러니까 시가 써지지 않는 무기력한 상태?"

"맞아, 맞아. 아무리 애써도 안 써져."

할머니가 아이스크림 포장지를 벗기며 고개를 끄덕였다.

"하영아, 그럴 땐 어떻게 해야 돼?"

"글쎄……."

하영이도 매너리즘에 빠지는 게 뭔지 몰랐다. 어디선가 주워들은 말이니 극복할 방법을 알 리가 없었다.

"하이고, 똑똑이 우리 하영이도 모르면 틀려 버렸구먼."

할머니 어깨가 축 처졌다. 하영이는 괜히 미안한 마음에 어깨를 으쓱했다.

하영이가 시골 생활에 적응할 수 있었던 건 할머니 덕분이다. 엄마 아빠의 귀농은 갑작스러웠다. 할머니는 하영이가 낯선 환경에 적응하도록 애썼고, 하영이를 위해서 초등학교도 다녔는지 모른다. 할머니는 일중독으로 망가진 아빠의 건강을 회복시키기 위해서도 무진장 애를 썼다.

아빠는 대기업의 컴퓨터 개발자였다. 변화하는 세계 시장에 대처하기 위해 아빠는 밤낮없이 프로젝트와 연구에 몰두했다. 집에 못 들어오는 경우도 많았다. 성과가 거듭될수록 아빠는 지쳐 갔다.

명절 때마다 할머니는 아빠한테 "사람 얼굴이 왜 그러냐?" 했다. 몇 년 그러더니 "사람은 하루를 살아도 마음이 편해야 한다." 며 엄마 아빠에게 귀농하라고 했고, 산 입에 거미줄 안 친다며 아빠의 퇴사를 부추겼다.

신기한 건 견고하기만 하던 엄마가 아빠보다 먼저 찬성했다. 졸지에 엄마만 믿고 있던 하영이는 대비할 새도 없이 시골로 오게 되었다. 하영이는 할머니가 엄마의 맘을 어떻게 돌린 건지 지금도 궁금하다. 하영이에게 할머니는 친구나 동생 같기도 하니 말이다.

"유튜브에 물어보자."

"그래그래. 그 친구한테 꼭 물어봐."

하영이는 매너리즘에 관한 정보를 찾았다.

1. 원인 찾기 2. 변화 시도 3. 의미 찾기 4. 인정과 관리

해법이라고 제시된 용어들이 전문가 수준으로 의학적이거나 심리학적인 내용인 것 같았다. 어려웠지만 하영이는 정보를 보며 빠른 결론을 내렸다.

"다른 건 모르겠고, 원인 찾기와 변화 시도는 해 볼 만한데……."

"벌써 찾았어?"

할머니가 눈을 반짝이며 물었다.

"그게, 그러니까……."

"뭔데?"

"할머니한테 변화가, 절대적인 변화가 필요한데…… 음, 할머니가 사랑에 빠지면 되지 않을까?"

"사랑?"

"그래, 사랑!"

하영이는 할머니의 눈치를 살폈다. '미쳤어, 이 나이에 무슨!'

할 것 같았다.

"좋지, 사랑……."

할머니가 긴 여운을 남겼다.

"그렇지! 역시 사랑만 한 게 없다니까."

"근데 사랑은 혼자 하는 게 아니잖아?"

"그야 그렇지……."

이번에는 하영이가 말끝을 흐렸다. 짝사랑이 아니고서야 사랑은 혼자할 수 없다. 그 순간 하영이 머릿속에 반짝 불이 들어왔다. 언젠가 할머니가 자신의 짝사랑에 대해 털어놨던 것이 생각났다. 그때 할머니는 감정 상태만 말했지 짝사랑 상대가 누군지는 말하지 않았다. 하영이는 할머니를 떠보기로 했다. 아니 원인을 찾아야 했다. 그래야 변화를 시도할 수 있으니까.

"할머니, 짝사랑 여전히 진행 중이야?"

"짝사~랑?"

할머니가 말을 길게 뺐다. 이건 필시 자신의 마음을 들키고 싶다는 신호였다. 뭔가 있음을 눈치챈 하영이 확신에 차 말했다.

"예전에 말했던 짝사랑 말이야."

"짝사랑, 좀 했지."

할머니가 주저했다.

"에이, 추억은 변화에 의미가 없지. 매너리즘에 빠진 할머니를 바꿔 줄 누군가가 있어야 한다니까."

할머니가 움찔했다. 마치 미끼를 문 물고기처럼. 하영이는 온몸으로 느낄 수 있었다. 짜릿했다. 하지만 흥분은 금물이다. 충분히 즐기려면 침착하게 다음 스텝을 밟아야 했다.

"누구 없어?"

할머니가 아이스크림 막대를 잘근잘근 씹었다. 씹히는 막대가 바짝 타들어 가는 할머니의 마음 같았다. 하영이는 느긋이 기다렸다. 한참을 망설이던 할머니가 드디어 말했다.

"교장 선생님 알지?"

"교장 선생님? 우리 학교 교장 선생님?"

"아니……."

"아, 할머니는 우리 교장 선생님을 모르지. 그럼 누…… 아, 초등학교 교장 선생님? 이동일 교장 선생님?"

하영이가 연달아 묻자, 할머니는 대답 대신 발끝으로 아스팔트에 붙은 껌을 비벼 댔다. 돌처럼 검게 변한 껌은 꿈쩍하지 않았다.

"좋아."

하영이가 회심의 미소를 지었다. 뒤이어 교장 선생님의 땅딸막한 키, 정수리 한가운데가 훤히 비어 있는 머리, 좀 수다스러운 말주변이 생각났다. 하영이는 이제 다르게 보기로 했다. 이동일 교장 선생님은 할머니의 짝사랑 상대고, 하영이는 할머니의 사랑을 존중하니까. 아니, 아니다. 좀 솔직해져야 한다. 그러니까 교장 선생님은 할머니가 다시 시를 쓸 수 있게 해 줄 유일한 희망이었다.

"할머니를 단톡방에 다시 초대해야겠어요."

하영이는 초등학교 단톡방을 나오지 않았다. 모두 아는 사이라 군이 나올 이유가 없었고 가끔 후배들과의 수다가 스트레스 해소에 도움이 됐다. 무엇보다 지나 온 시간으로 돌아가는 듯한 재미도 있었다.

"단톡방을?"

할머니가 물었다. 할머니는 입학과 동시에 단톡방 회원이 됐지만 제대로 활동하지 않았다. 할머니는 아이들과 허물없이 지내다가도 핸드폰으로 하는 일에는 힘든 모양이었다. 그러더니 자연스럽게 단톡방에서 나가고 말았다. 그저 전화가 오면 받고 때때로 필요하면 전화를 거는 정도였다. 하영이는 마음이 바빠졌다. 일단 집에 가서 할머니에게 핸드폰 사용법부터 가르쳐야 했다.

"빨리 가요."

하영이가 할머니를 재촉했다. 느긋하고 여유로운 하교는 끝나 버렸다. 하영이는 문득 이런 생각이 들었다.

'사람 일이란 게 한 치 앞을 알 수 없네. 몇 분 전까지만 해도 할머니의 짝사랑이 교장 선생님일 줄은 몰랐는데, 이제는 스스로 사랑의 메신저가 되려고 하다니. 하긴 날마다 똑같은 일만 있으면 얼마나 심심할까?'

정말이지 삶은 신기하다. 하영이는 그 사실을 방금 실감했다. 그래서 사람들이 내일을 기다리는 게 아닐까도 싶었다. 하영이는 문득 자신이 이렇게 고차원적인 생각을 한다는 게 기특해 하마터면 입 밖으로 꺼낼 뻔했다. 하지만 오랜만에 느낀 뿌듯함을 위해 말을 아꼈다. 말이 밖으로 나간 순간 감정도 함께 사라지는 경우가 많았다.

"할머니, 내가 핸드폰 사용법 가르쳐 줄 테니 해 봐요. 핸드폰 도 좋은 게 많아."

하영이는 핸드폰의 이로운 점에 대해서 말했다. 특히 연애에 있어 핸드폰은 필수라는 것을 강조했다. 할머니는 별말이 없었 다. 하지만 반짝이는 눈빛만은 숨기지 못했다.

드디어 집 앞에 도착했다.

"오메, 저 이쁜 것 좀 보소."

대문을 연 할머니가 말했다. 하영이 엄마가 널어 놓은 고추가 마당 가득 펼쳐져 있었다. 그 위를 고추잠자리가 맴돌았다. 햇살 이 파란 대문, 붉은 고추, 고추잠자리까지 비추고 있었다. 말간 하늘이 그 위에 펼쳐졌다.

"애비야!"

하영이 할머니가 하영이 아빠를 찾았다. 이 시간에 아빠가 집 에 있을 리 없었다. 지금쯤이면 하영이 엄마와 함께 토마토 하우 스에 있을 것이다. 빨갛게 익기 시작한 토마토는 수확기에 접어 들었고 며칠째 엄마 아빠는 동동거리는 중이었다. 할머니는 그걸 알면서도 집에 들어올 때면 아빠를 찾았다. 아들의 귀농 후 생긴 버릇이었다. 할머니는 누군가 자신을 기다리고 있는 집이 그렇게 좋을 수 없단다. 그러니까 아빠를 찾는 건 할머니 나름의 인기척 인 동시에 마음의 표현인 셈이다.

"할머니, 핸드폰 빨리 줘."

하영이가 손을 내밀었다. 마당가를 서성이던 할머니가 머뭇거렸다.

"핸드폰 어렵던데……."

할머니가 가방에서 핸드폰을 꺼냈다. 하영이는 할머니의 핸드폰을 낚아채고 마루에 앉아 계정을 만들기 시작했다.

"하영아, 아무래도 할미가 괜한 짓을 한 거 같아."

할머니의 목소리에 망설임이 가득했다. 하영이가 예상했던 일이다. 이럴 때일수록 가만두면 안 되는 거다. 이런 상태가 계속되면 임무 수행뿐 아니라 할머니의 정신 건강에도 좋을 게 없었다. 하영이는 대답 없이 핸드폰에만 열중했다.

"에이, 모르겠다."

안절부절못하던 할머니가 고추 손질을 시작했다. 하영이는 로그인 후 말간 하늘을 배경으로 할머니를 찍어 프로필 사진까지 완성했다. 그리고 자신의 휴대폰으로 할머니를 초대했다.

"할머니, 여기요."

곧 아이들과 선생님으로부터 축하 톡이 쏟아졌다. 그걸 본 할머니는 눈이 휘둥그레졌다. 하지만 하영이는 초조했다. 아직 교장 선생님이 움직이지 않고 있다.

'혹시 회의 가셨나?'

최 여사님, 단톡방 입성 축하 축하.

드디어 기다리던 분이 왔다. 교장 선생님의 카톡을 확인한 순간 할머니의 얼굴이 환해졌다. 하영이는 내친김에 할머니의 방에 따로 교장 선생님을 초대했다.

"할머니 방이야."

할머니에게 비밀 방이 생겼다. 할머니는 아이처럼 부끄럼을 탔다. 금방 비밀 방에는 교장 선생님이 보낸 이모티콘이 넘쳤다.

"이제 어쩌지?"

할머니의 주름진 눈가로 당황한 빛이 번졌다. 할머니가 눈망울을 굴리며 뚫어져라 카톡만 쳐다봤다.

"뭘 어째, 하고 싶은 대로 하면 되지."

하영이가 핸드폰을 할머니에게 건넸다. 이제 모든 건 할머니 몫이었다. 하영이가 할 수 있는 일이라고는 할머니를 지켜보는 것밖에 없었다. 그날 이후 할머니는 손에서 핸드폰을 놓지 않았다.

며칠이 흘렀다.

"하영아, 이거……."

"뭔데?"

딱 봐도 편지였다. 꽤 두툼한 것이 밤늦게까지 쓴 편지 같았다. 하영이는 할머니를 놀리고 싶은 마음이 스멀댔다.

"어쩌라고?"

"뭘, 어째……. 카톡도 좋지만 나는 당최 적응이 안 되네. 나 생각해서 글씨 느리게 쓰는 교장 선생님도 걸리고 말이야."

할머니가 배시시 웃었다. 그러고는 부끄럼 타는 소녀처럼 얼굴을 붉혔다. 더 이상 할머니를 놀려서는 안 될 것 같았다. 어쩌면 용기를 쥐어짜는 중일지도 모르니까.

"좋아!"

하영이가 흔쾌히 편지를 받아 들었다. 입을 꾹 다물고 있는 봉투가 열어 보라고 유혹했다. 하지만 하영이는 그러지 않았다. 연애 편지라는 게 얼마나 유치찬란한지 알기 때문이다.

아빠 엄마가 시골 생활을 결정한 직후였다. 짐 정리를 하다가 발견한 아빠의 연서는 차마 눈 뜨고 볼 수 없었다. 사랑에 눈먼 문장이란 소름이 돋을 만큼 유치했다.

"할머니는 얼마나 유치한 내용을 썼을라나……."

하영이가 열어 볼 수 없는 편지를 흔들었다. 편지 심부름을 하는 마음이 조금 설레었다.

똑똑.

교장실 문을 두드리며 하영이가 벅찬 숨을 마셨다. 벌컥 문이 열렸고 교장 선생님은 누가 볼 새라 급하게 편지를 채 갔다. 하영이는 민망해서 인사할 틈도 없이 얼른 몸을 돌렸다. 자칫 미적대다 어서 가라는 소리만 들을 것 같았다.

"하영아, 내일도 이 시간에 와 줄 수 있니?"

교장 선생님이 물었다. 하영이는 돌아서다 말고 인사를 했다. 그러다 보고 말았다. 얼굴이 발갛게 상기된 교장 선생님은 마치 첫사랑에 빠진 소년 같았다. 하영이는 고개를 끄덕인 후 얼른 자리를 벗어났다. 주책맞게 가슴이 두근댔다.

다음 날, 교장 선생님의 편지를 받은 할머니는 접힌 편지 사이에서 떨어진 단풍잎을 보고 어쩔 줄 몰라 했다. 편지 심부름을 할 때 보면 때때로 교장 선생님이 운동장이나 마을 산책길을 서성였는데, 며칠 후면 할머니의 편지 속에서 노란 은행잎이나 초록 네잎클로버가 나왔다. 편지를 받은 할머니는 소녀처럼 미소를 지었다. 그 모습을 볼 때마다 하영이의 마음도 덩달아 몽글거렸다.

편지는 카톡이나 문자와는 확실히 다른 게 있었다. 기다리는 마음, 설레는 마음, 정성이 깃든 마음……. 하영이가 편지 배달을 하면서 느낀 편지의 맛이었다. 그리고 자연스레 승민 오빠가 떠올랐다.

"봉하영, 주책이야!"

하영이가 자기 이마를 탁 쳤다. 보는 사람도 없는데 괜히 얼굴을 붉혔다.

'사랑의 감정도 전염되나?'

감기처럼 사랑에도 '사랑 바이러스'가 있어 옮기는 건 아닐까 싶었다. 하영이는 집으로 돌아오는 내내 생각에 잠겼다. 승민 오빠를 생각하며 그새 할머니의 사랑에 감정 이입했다.

'나도 편지를 써 봐야지.'

그날 밤 하영이는 제 마음을 적어 내려갔다. 쉽지 않았지만 정성스레 편지를 썼다. 그리고 아직 전하지 못한 편지는 하영이의 서랍에 그대로 들어 있다.

하영이는 할머니의 사랑 배달을 충실히 했다. 그 보답으로 가끔 읍내에 나가 아이스크림을 대접받았는데 말 그대로 대접이었다. 할머니와 사 먹었던 아이스크림이 아니었다. 아이스크림 전문점에서 맛보는 갖가지 아이스크림이었다. 그러다 데이트하는 두 분을 따라간 적도 있었다. 어쩌다 보니 그렇게 됐다. 아이스크림을 먹고 곧바로 돌아오려고 했지만 할머니가 붙잡았고 교장 선생님도 흔쾌히 함께 가자고 했다. 그렇게 두 분의 데이트를 따라갔다. 엄밀히 말하자면 할머니의 데이트를 구경했다.

"자, 내릴까?"

교장 선생님이 먼저 내려 할머니가 앉은 보조석 문을 열어 줬다.

"전 여기 있을게요."

하영이는 두 분의 시간을 방해하고 싶지 않았다.

"얘도, 참."

할머니도 몇 번 더 권하더니 포기했다.

"그럼, 다녀올게."

강을 거슬러 시원한 바람이 불어왔다. 강둑을 걷는 할머니와 교장 선생님의 모습이 예뻐 보였다.

'사랑은 뭘까?'

할머니의 모습을 보는데 또 승민 오빠가 생각났다.

'쳇, 얼빵한 고딩 누가 좋아할 줄 알고!'

승민 오빠는 한 달째 깜깜무소식이다. 하영이는 분통이 터졌다.

'집을 나갔으면 연락을 해야 할 것 아닌가!'

'하긴 누군가에게 연락하면 가출이 아니라 외출이지.'

'그래도 그렇지. 나한테는 연락해야지!'

하영이는 이런저런 마음에 화가 났다. 그러다가 오빠가 걱정됐고, 오빠 걱정을 하는 자신에게 또 화가 났다.

승민 오빠는 동네에서 핫이슈였다. 아무짝에도 쓸모없는 소문과 관심이 난무했다. 누군가는 읍내에서 봤다고 하고, 누군가는 광역시에서 통닭 배달을 한다고도 했다. 어쨌든 오빠는 하영이에게까지 한 달째 연락 두절이었다.

"그만, 갈까?"

그때 차 문이 열렸다.

"벌써 데이트 끝났어요?"

"우리가 젊은이들 같지는 않겠지?"

"아, 아니에요."

하영이는 얼른 손사래를 쳤다. 절대 그런 뜻은 아니었다.

"참 좋지요?"

교장 선생님이 묻자 할머니가 환하게 웃었다.

"우아, 할머니 정말 예뻐요."

하영이 입에서 탄성이 터졌다. 노을이 석룻빛을 쏘았고 그 빛에 할머니 얼굴이 고운 빛으로 물들었다. 하영이는 이토록 아름

다운 할머니를 본 적이 없었다. 어쩐지 가슴이 뭉클했다. 그런 하영이의 머리를 할머니가 쓸었고 교장 선생님은 기분 좋게 허허 웃었다.

하영이는 자신의 어디선가 몽글몽글한 것이 차오르고 있음을 느낄 수 있었다. 말로 하기 어려운 느낌이 마음을 부풀게 했다. 하영이는 문득 사랑은 양보다 질일지 모르겠다는 생각을 잠깐 했다.

며칠 뒤, 할머니의 사랑에 위기가 왔다. 교장 선생님이 입원한 것이다. 교장 선생님은 강가 데이트를 다녀와 느닷없이 복통을 호소했다. 재빨리 읍내 병원을 찾았지만 큰 병원으로 이송하라는 말에 교장 선생님은 자식들이 있는 서울로 갔다.

"할머니, 괜찮아?"

하영이는 딱히 할 말이 없었지만 할머니를 위로하고 싶었다.

"괜찮지 않아."

수척해진 할머니가 낮게 말했다.

'그러게, 괜찮을 리가 없잖아.'

하영이는 괜히 자신의 머리를 한 대 쥐어박았다. 하영이는 다른 말을 찾았다.

"날마다 카톡하면 되잖아. 편지도 써 뒀다가 다음에 드리면 되고."

"그럴 거야. 그래도 속상하네."

"그러게……."

할머니가 하영이의 손을 토닥거렸다.

"그걸 어디 뒀더라."

할머니가 서랍장을 뒤지기 시작했다. 할머니 손에 딸려 나온 것은 할머니의 시 노트였다.

드디어 하영이는 자신의 임무가 실현되나 싶었다. 하지만 할머니의 진심을 아는 이상 시 노트가 생각만큼 반갑지는 않았다.

할머니는 교장 선생님을 만나면서 다시 시를 쓴 것 같았다. 몰래몰래 쓰는 것 같던 시를 하영이 앞에서도 곧잘 쓰셨다. 그렇게 시간이 흘러갔고 교장 선생님도 작은 수술을 한 뒤에 천천히 회복 중이라고 했다. 할머니는 잊을 만하면 도착하는 편지를 소중히 보관했다. 그런 날이면 할머니도 하영이도 센티해졌다.

"할머니, 사랑이 뭐야?"

"나도 몰라."

"그럼 사랑은 무슨 색이야?"

"사랑은, 내 사랑은 보라색?"

"찐한?"

"아니, 연보라 정도."

하영이의 시답잖은 질문에 할머니는 꼭 한 박자 쉬고 답했다.

"하영이, 네 사랑은 무슨 색인데?"

"글쎄, 분홍색과 오렌지색의 어디쯤 같아."

할머니는 그때마다 하영이 머리를 쓰다듬었다. 그럴 때면 괜히 눈물이 날 것 같았다. 그래서 하영이는 말머리를 돌리곤 했다.

"근데 사랑하는 사람은 어떻게 알아볼 수가 있어?"

"그거야 저절로 알게 되지."

하영이는 할머니와 이런저런 대화를 할 때마다 각자의 시간을 따로 가끔은 나란히 가고 있음을 느꼈다. 할머니의 사랑은 더디고 느리게 진행 중이었고, 하영이는 아직 돌아오지 않는 승민 오빠를 줄창 기다리는 중이었다.

띠링, 할머니의 핸드폰에서 문자 알림이 울렸다. 할머니는 곧바로 핸드폰을 확인했다.

"하영아, 교장 선생님 토요일에 퇴원하신대."

"정말?"

할머니가 핸드폰을 하영이 앞으로 내밀었다.

래연 씨, 이번 토요일에 별다방에서 만나요.

교장 선생님은 할머니를 최 여사님 대신 래연 씨라 불렀다. 하영이는 또 가슴이 간질간질했다. 교장 선생님은 할머니가 불리고 싶은 이름을 부르고 있었다.

"최래연 씨, 얼른 답장해요!"

하영이의 장난에 할머니가 웃으며 답장하기 시작했다.

그날 밤, 할머니가 갓 지어낸 따끈한 시 한 편을 내밀었다.

"하영아, 할미 시."

사랑은 폭탄이다
소리와 빛으로 빚어낸
미친 시한폭탄!

시는 이게 다였다. 하영이는 직감했다. 자신이 임무를 무사히
수행했다는 것을. 하영이는 할머니의 품에 파고들었다. 할머니
품속은 열 폭풍으로 살을 태울 듯 뜨거웠다. 사랑의 시한폭탄을
안고 사니 그럴 수밖에!

국지성 집중 호우

"승민이, 또 집 안 나가냐?"

하영이 아빠가 승민을 보자 그새를 못 참고 놀렸다. 하영이는 저도 모르게 아빠에게 인상을 썼다.

"이제 안 나가요."

승민이도 지지 않고 말대답을 했다. 정말이지 두 사람 다 못 말린다. 승민은 학교에서 돌아오는지 교복 차림이었다.

하영이 승민을 보았을 때, 승민은 열심히 자전거 페달을 밟아 동네 입구로 들어섰고, 하영이 아빠와 하영을 보고 굳이 자전거에서 내려 인사를 했다. 인사한 뒤에는 굳이 또 하영 아빠 곁에서 나란히 걷기 시작했다.

'쳇, 누가 예의 바르다고 할까 봐!'

하영은 승민이 반가우면서도 괜히 얄미웠다.

"왜? 심심한데 또 나갔다 오지?"

"집 나가면 개고생이더라고요."

승민이 히죽 웃었다.

'바보……'

하영이는 정말이지 바보같이 구는 오빠도 싫고, 자꾸 오빠의 아픈 데를 건드리는 아빠도 미웠다. 이럴 때는 자리를 뜨는 게 상책이지만 그럴 수가 없었다. 마을로 들어가는 길은 하나고 집 방향도 같았다. 아니다. 사실은 승민이 자전거를 타고 휑하니 가 버릴까 봐 하영이는 조마조마했다. 이렇게라도 함께 걷는 게 좋았다.

함께 중학교에 다닐 때는 하루가 멀다 하고 같이 오갔는데 승민이 고등학생이 된 후로는 얼굴 보기가 힘들었다. 고등학생이 되더니 사람도 달라져 버렸다. 어울리지 않게 어른 노릇을 하려고 했고, 버럭 화도 잘 냈다. 하영은 승민 오빠에게 뒤늦게 병이 찾아왔음을 느꼈다. 일명 늦다리 사춘기!

승민의 가출은 이 병이 정점에 이르렀을 때 찾아왔다. 여름 방학이 끝나 갈 무렵이었다. 승민이 홀연 동네에서 사라져 버렸다. 승민이네 엄마 아빠는 승민이 갈 만한 곳은 다 찾았지만 승민은 어디에도 없었다.

"더위에 일하는 게 기특해서 알바비를 더 주려고 했는데, 내가 호랑이 새끼를 키웠어."

하영이 아빠는 승민이 사라진 날 화를 냈다. 아빠가 화낼 만한 이유가 있었다. 승민은 마을 작목반인 토마토 하우스에서 알바를 했는데, 가출한 날 아빠의 금고에서 알바비를 살뜰히 털어 갔다. 그런데 털었다고 하기엔 좀 애매한 게 자신이 일한 만큼만 정확하게 셈해 갔다.

"내가 호랑이 새끼를 키운 거였어."

하영 아빠가 승민의 자전거를 발로 차며 말했다.

"그러니까 일당으로 달라고 했잖아요."

"그럼 가출할 생각으로 토마토를 딴 거였어?"

"네……."

승민이 뒤통수를 긁었다.

"내가 졌다 졌어. 근데, 거기서 뭐 하다 온 거야?"

"통닭 배달이요."

아빠가 묻는 말에 승민은 꼬박꼬박 대답했다.

'이그, 바보!'

하영은 그런 승민이 답답했다.

"계속하지 그랬어. 공부 안 해도 되고 좋잖아."

"제 인생 최대의 과오죠."

"헛, 그런 말도 알아?"

아빠가 정색했고 승민은 쑥스러워했다. 하영 아빠는 상대방이 조리 있고, 언어 구사력이 뛰어나면 금세 상대를 인정한다. 반대로 언어 구사력이 떨어지면 은근히 무시하는 경향이 있다. 하영이는 조마조마했다. 승민 오빠의 무식이 언제 탄로 날지 알 수 없기 때문이었다.

"아저씨, 알바 안 구하세요?"

"왜? 또 금고 털게?"

"아니요. 이번에는 착실하게 잘할 수 있어요."

"내가 널 뭘 믿고?"

"통닭 배달해 보니까 장난 아니더라고요."

"뭐가?"

가끔 할 말이 넘치면 되레 말을 잃어버리기도 하는 모양이었다. 승민이 대답 대신 다시 뒤통수를 긁적였다.

"승민이 너, 오늘은 우리 집에서 저녁 먹어라."

"왜요? 좋은 일 있어요?"

"왜는 인마, 네 가출 사건이 궁금해서지."

"저녁 메뉴가 뭔데요?"

"메뉴? 지금 저녁 메뉴 따진 거냐?"

"좋아서 해 본 말이에요. 이따 밥 먹으러 갈게요."

"자식 뻔뻔하긴."

아빠가 또 승민의 자전거를 발로 찼다.

"너희 아빠랑 같이 와."

하영 아빠의 오지랖이 발동했다.

'저러면 안 되는데.'

하영이는 아빠를 쳐다봤다.

'밥은 엄마가 하는데 왜 자기가 인심이람? 그 뒷감당을 어떻게

하려고.'

지켜보던 하영이 나섰다.

"엄마가 그래도 된대?"

"딸, 아직 몰랐어?"

"뭘?"

"오늘 동네에 여자라곤 너 혼자일걸. 모두 찜질방 갔다가 노래방까지 섭렵하고 온다던데."

하영이가 삐죽거렸다. 하지만 승민이와 밥을 먹는 게 좋아서 물었다.

"저녁은 뭐 먹을 건데요? 남까지 초대해서."

"우리 딸은 뭐 먹고 싶은데?"

"고기."

하영의 대답에 아빠가 승민을 보며 말했다.

"승민아, 고기는 니가 사 와. 너희 집 부자잖아."

"네!"

승민이 씩씩하게 대답하고 자전거에 올랐다. 그러더니 바람을 가르며 큰길을 내달렸다. 하영 아빠는 멀어지는 승민을 보며 싱글거렸다.

"아, 자식. 괜찮다니까."

하영 아빠는 자신의 금고가 털렸다는 걸 까맣게 잊은 듯했다.

"딸, 우리도 밥 먹을 준비하자."

아빠가 발걸음을 빨리해 집으로 향했다. 고기가 도착하기 전에 준비할 게 많았다. 숯불 위에서 지글거릴 고기 생각에 벌써 침이 고였다.

집 앞에 도착했을 때 하영이를 반긴 건 라온이였다.

"컹컹!"

라온이 목소리가 담을 넘어왔고, 대문을 열자 한쪽 다리를 절룩이며 라온이가 튀어나왔다. 라온이는 정동 할매네 개였다. 읍내에 간 할머니가 잠시 맡긴 모양이었다.

"라온아, 언제 왔어?"

라온이는 하영이 주변을 돌며 꼬리를 흔들었다. 하영이는 털이 푸근한 라온이를 안았다. 라온이는 언제 만져도 기분이 좋았다.

"라온아, 언니가 고기 구워 줄게."

"컹컹."

하영 아빠는 불판을 준비하고, 하영이는 텃밭에서 야채를 따며 마당과 주방, 창고를 몇 번이나 왔다 갔다 했다.

"이번 숯은 영 아니네."

마당에서 숯불을 피우던 아빠가 눈을 깜빡였다. 불이 붙지 않은 숯에서 검은 연기가 올라왔다.

"형님, 집에 불났슈?"

승민 아빠가 들어오며 말했다. 뒤따라 승민도 인사하며 하영이에게도 눈인사를 보냈다. 부자는 삼겹살은 물론 승민 아빠표 쌈장까지 살뜰히 챙겨 왔다. 파라솔이 펴지고 삼겹살이 '치지직' 소리를 내며 불꽃을 키웠다. 맛있는 냄새가 마당을 채웠다. 첫 번

째 삼겹살은 물론 두 번째 삼겹살이 구워지는 동안 세 남자는 말
한마디 없이 먹는 데만 집중했다.

"말 좀 하면서 먹어요."

"좀 먹고."

하영이는 남자들은 참 이상한 족속이라 생각했다. 소통과 친
밀감을 위해 존재하는 수다를 왜 내팽개친단 말인가. 삼겹살이
세 판째 구워 질쯤 하영이 물었다.

"아저씨, 다 드셨어요?"

쌈을 입에 문 승민 아빠가 고개를 절레절레 흔들며 고기를 우
물거렸다.

"오빠는?"

승민도 고개를 저었다. 하영이는 이 자리가 슬슬 싫어졌다. 모
두 먹기만 하려고 모인 사람들 같았다.

"계속 이런 식이면 나 들어간다!"

하영이 협박성 말을 하자 하영 아빠가 삼겹살이 든 입을 열었
다.

"승민아, 통닭은 몇 킬로그램짜리가 맛있어?"

맙소사! 아빠의 시답잖은 말에 하영이는 자리를 털고 일어났
다. 그러자 승민 아빠가 하영을 붙잡았다.

"아이구, 우리 하영이가 삐치면 아저씨 맘이 아프지 않겠냐?"

하영이를 달래려는 승민 아빠의 말을 무시하고 하영 아빠가 또
물었다.

"승민아, 너도 첫사랑 때문에 가출했지?"

"아닌데요!"

갑자기 화살을 받은 승민이 냅다 아니라고 했다.

"아니긴, 부전자전이지."

"에이, 형님은 애들 앞에서 무슨 말을 하려고!"

"와, 이 부자 쌍심지서는 것 좀 보소. 둘이 똑같네."

하영 아빠가 실실 웃었다.

"승민이 너는 네 알바비를 챙겨 갔지만, 너희 아빠는 소 판 돈을 갖고 튀었어."

"허허, 형님도 참……."

"아빠는 며칠짜리였어요?"

승민이 싱글거리며 물었다.

"며칠은, 바로 왔지."

"웃기고 있네. 석 달이 넘었지. 무려 석 달. 맞지?"

하영 아빠가 말해 주는 승민 아빠, 기준 아저씨의 첫사랑도 뻔하고 뻔한 이야기였다.

기준 아저씨 중학생 때 일이야. 교감 선생님 따님을 열렬히 짝사랑했더래. 그런데 교감 선생님이 전근을 가시게 된 거야. 그러니 기준 아저씨 가슴에 불이 붙었겠지? 그래서 어쨌냐고? 뭘 어째, 주야장천 소녀한테 편지를 써 댔지. 하지만 야속한 그 님은 소식 한 장 없네. 요즘 말로 씹힌 거지. 열불이 난 기준 아저씨가 마침 소 판 돈을 가지고 뛰었대. 그래서 만났냐고? 그건 아무도 몰라. 아직도 확인 불가. 본인은 고백도 하고 사랑을 약속했다는데 그랬으면 울고불고 돌아왔겠냐고. 뭐, 자기가 운 건 소 판 돈을 다 쓰고 와서 아버지한테 죽지 않을 만큼 맞아서라고 하지만 누가 알겠어. 진실은 항상 저 너머에 있는 법이잖아.

　승민 아빠의 첫사랑 이야기는 약간의 MSG 냄새를 풍기며 끝났다.
　"엄마도 알아요?"
　승민이 묻자, 승민 아빠는 고개를 저으며 곤혹스러워했다. 하지만 승민 아빠의 반격도 만만치 않았다.
　"너는 어쩔 거야? 하영이가 다 들었는데……."
　"아, 나는 아니라니까요!"
　승민이 펄쩍 뛰었다.
　"나는 세상이 궁금해서, 이 대가마을이 작고 좁아서 세상 구경한 거라고요."
　하영이는 '가출을 해야만 세상 구경을 할 수 있는 거냐.'고 쏘아붙이고 싶었지만 참았다. 아빠들이 있는 데서 오빠를 잡을 수는 없었다. 이건 자신뿐만 아니라 승민 오빠의 자존심이 걸린 문제였다.
　"오빠랑 나랑 무슨 사이라도 돼요?"
　"음, 딸 그건 좀……."

"너희 둘이 우리 동네 공식 커플 아니었어?"

"……."

승민은 숫제 말이 없었다. 저럴 수가 없었다. 하영은 바드득 이를 갈았다. 늦다리 사춘기 때문에 집을 나간 줄 알았던 자신이 한심해 미칠 것 같았다.

"저, 그만 들어갈래요."

하영이가 라온이를 안은 채 자리에서 일어났다. 그러자 승민도 덩달아 엉덩이를 엉거주춤했다. 아빠들과 하영이 사이에서 안절부절못하는 것 같았다. 하영이는 그러거나 말거나 눈길도 주지 않고 방으로 들어와 버렸다. 지금 이 상황에서 고운 말이 나올 리 없었다. 그러니 침묵하는 것이 옳았다.

방으로 들어온 하영이는 방 불을 켜지 않았다. 불을 켰다가는 창문을 통해 자신의 동선이 밖으로 드러날 수 있었다. 방 안에서 하영은 승민을 보았다. 한참 동안 숯불을 쑤셔 대던 승민이 집을 나서고 있었다.

"뭘 잘했다고 그냥 가는데."

하영이가 꿍얼거렸다.

"여자나 만나려고 가출한 주제에."

하영이는 침대에 벌렁 누워 버렸다. 생각할수록 괘씸했다. 승민의 첫사랑은 자신이라고 굳게 믿었던 게 분했다. 옛말 그른 게 하나 없었다. 등잔 밑이 어두웠다.

"내일 만나기만 해 봐."

하영이는 이불을 뒤집어썼다. 그러곤 핸드폰 전원을 꺼 버렸다. 그때 떠들썩한 소리와 함께 대문 열리는 소리가 들렸다. 할머니와 엄마, 정동 할매의 목소리가 들렸다.

"뭐야, 자기들끼리 고기 파티한 거야?"

엄마가 볼멘소리를 했다.

"무슨 소리야, 지금부터 시작이지. 이제부터 2차예요, 2차."

아빠의 살가운 목소리가 들려왔다.

"자, 자 삼겹살 굽습니다. 정동 할매, 여기 앉으세요."

왁자한 웃음소리와 잔이 부딪히는 소리가 요란했다.

하영이는 잠자기는 틀렸다는 생각에 침대에서 벌떡 일어났다. 카디건을 걸치다 '내가 왜?' 하는 생각이 들었다. 지금은 자신의 순서가 아니었다.

사랑에도 순서와 법칙이 있다면 이번에는 승민 오빠의 순서가 맞았다. 오빠가 찾아와서 해명이든 변명이든 해야 했다. 하영이는 걸치던 카디건을 벗어던지고 다시 침대에 누웠다. 당연하게도 잠은 오지 않았고 갖가지 상념들이 머릿속을 채웠다. 하영이의 머릿속을 가득 메운 영상은 대부분 본 적도 없는 승민의 그녀들이었다. 하영이는 자신의 머릿속을 휘젓고 다니는 그녀들을 떼내려 밤새 베개에 머리를 박았다.

다음 날, 하영이는 당연하게도 늦잠을 잤다.

"아, 미쳐. 오빠가 농장에 있어야 하는데……."

시간이 아슬아슬했다. 지금 달려간다고 해도 승민을 만나기는 어려울 듯했다. 어제 저녁 승민은 토마토 작목반에 다시 알바 자리를 얻었다. 주말 알바였다. 토마토 하우스에서 7시~10시까지 일하기로 한 것이다. 그건 하영의 주말 알바 시간이기도 했다.

"왜 알람이 안 울렸지?"

하영이가 자신의 머리를 콩 쥐어박았다. 어제 핸드폰을 꺼 뒀다는 사실을 까맣게 잊은 것이다. 가족들은 하영의 기상 시간뿐만 아니라 알바 시간도 간섭하지 않았다. 중학생이 되면서 식구들 앞에서 선언에 가까운 당부를 했기 때문이었다.

"저는 어린애가 아니에요. 그러니 아무도 저에게 이래라저래라 하지 말아 주세요!"

그 후로 가족 누구도 하영의 당부를 거스르지 않았다. 특히 엄마는 하영의 선언을 무슨 독립선언보다 더 반가워했다. 늦잠도 모자라 깨울 때마다 짜증인 딸을 더는 보지 않아도 됐기 때문이었다.

"오래 끌어 좋을 거 없는데……."

어젯밤, 하영이가 상상 속 승민의 여자들 사이에서 막연하게 하나 붙잡은 건 시간이었다. 모든 일은 타이밍이 중요했다. 특히 의심이 꼬리를 무는 일이야말로 초장에 싹을 잘라야 했다. 그래야 뒤탈이 없었다. 추리닝을 입은 하영이는 자전거 페달을 힘차게 밟았다. 결단을 내겠다는 생각 때문인지 자전거에 속도가 붙었다. 십여 분을 달리자 토마토 하우스가 눈에 들어왔다.

"하영, 느져 부렀네."

칸 아저씨였다. 아저씨는 토마토가 가득한 바구니를 들고 하우스에서 나왔다. 아저씨는 몽골에서 온 노동자로 동네 사람들과 스스럼없이 어울렸다. 특히 하영이를 살가워했는데 자신의 딸이 하영이 또래라고 했다. 언젠가 아저씨는 딸 사진을 보여 주며 "내가 열심히 일해야 우리 자야가 학교에 다닐 수 있어."라고 말했었다. 갈래머리를 땋아 내린 아저씨의 딸은 볼이 붉고 눈망울이 컸다. 칸 아저씨와 닮은 모습이었다.

"오늘 일당 날아가 부린 거야?"

"지금부터 할 거예요. 근데 승민 오빠 못 봤어요?"

하영이가 하우스 폴대에 자전거를 세우며 물었다.

"승민이? 알바 끝나고 갔지."

하영이는 맥이 탁 풀렸다.

"언제요?"

"십 분 됐을걸."

하영이가 자전거를 돌려세웠다. 그때, 저만치에서 승민이 걸어오는 게 보였다. 집으로 가다가 되돌아오는 모양이었다.

"어, 승민이 아까 가 부렀었는데."

칸 아저씨가 당황스럽게 말했다.

"하우스에 볼일이 있나 보죠, 뭐."

"응. 그라믄 나는 다시 일해야겠다."

칸 아저씨가 새 바구니를 챙겨 들고 하우스 안으로 들어갔다.

"간 거 아니었어?"

하영이 승민을 향해 마주 걸어갔다.

"갔었지."

"근데?"

"너 보러 다시 왔어."

"누가 보고 싶대?"

"늦잠 잤어? 휴대폰도 꺼져 있더라."

하영이는 아무 말도 하지 않았다. 밤새 시달린 하영의 마음을 승민이 어떻게 알겠는가.

"관심 꺼."

하영이는 바구니를 들고 하우스로 들어가는 내내 조마조마했다. 혹시나 승민이 진짜로 가 버리면 어쩌지 하는 생각 때문이었다. 승민은 새 바구니를 들고 하영이 옆으로 왔다. 선선한 바깥 날씨와 다르게 하우스 안은 따뜻했다. 입을 꾹 다문 하영이가 토마토를 따기 시작했다. 둘은 토마토 따는 데 한참 열중했다. 침묵이 금처럼 아니 독처럼 둘 사이를 흘렀다.

"오해야."

얼마의 시간이 흐른 후 승민이 입을 열었다.

"뭐가?"

"알면서 뭘 묻냐?"

"첫사랑?"

"내가 첫사랑이 어디 있어."

"뭐라고?"

"아니, 내 말은……."

승민이 뒤통수를 긁적였다.

'하여간 할 말 없으면 뒤통수지.'

하영이는 어이구 하는 마음에 혀를 찼다.

"사실은 말이야."

승민의 분위기가 진지해 하영이는 자신도 모르게 침을 꼴딱 삼켰다.

"엄마, 친엄마 만나러 갔어."

"뭐라고?"

"알잖아, 우리 엄마 집 나간 거."

"……."

하영은 잠깐 침묵했다. 머릿속이 복잡했다. 어떤 말을 꺼내야 할지 난감했다. 승민이 엄마는 승민이 두 돌이 되기 전에 집을 나갔다고 했다. 동네 사람들이 다 아는 사실이었다. 도시 생활에 익숙했던 승민 엄마는 시골살이가 맞지 않았다. 농사일은 물론이고, 결혼하자마자 찾아온 임신과 출산은 엄마를 더욱 힘들게 했다. 승민 엄마는 심한 우울증에 시달렸고 결과는 도저히 시골살이를 할 수 없다는 거였다.

"나한테는 중요한 일이었어."

"그럼…… 그런데 친엄마를 어떻게 만난 거야?"

하영의 말에 승민이 하영을 빤히 봤다.

"사실은…… 새엄마가 연락처를 주더라고."

"호아센 아줌마가? 어떻게?"

"엄마한테서 연락이 왔었대."

하영은 '아빠는 알아?'라고 묻고 싶었지만 참았다. 그건 중요하지 않았다.

"그래서 친엄마는 만났어?"

"응."

"어때?"

"솔직히 무슨 느낌인지 잘 모르겠어."

"엄만데?"

"낳아 줬다고 엄마는 아닌가 봐. 어색하고 이상하더라고."

"처음이라 그렇겠지."

"그랬으면 좋겠는데……."

승민이 말끝을 흐렸다. 승민 오빠는 다음에 또 엄마를 만나기로 했단다. 물론 새엄마인 호아센의 강력한 지지가 한몫했다. 그리고 아빠에게는 차차 말하는 것이 좋겠다고 새엄마와 이야기했단다. 그러니까 승민 아빠는 아직 모르는 사실이었다.

"호아센 아줌마 대단하다. 그치?"

"응."

승민은 더 이상 말이 없었다. 한동안 둘은 묵묵히 토마토를 땄다.

"이제 됐지?"

"응, 뭐……."

하영이는 멋쩍었다. 오빠의 가출을 첫사랑이니, 사춘기니 오해하다니. 그렇지만 누구라도 오해할 만했다. 하영이는 대화가 끝나고 나서야 승민이가 딴 토마토 바구니에 눈이 갔다.

"오빠, 이거 뭐야?"

"응?"

바구니를 본 승민이 펄쩍 뛰었다. 바구니에는 초록 토마토가 듬성듬성 섞여 있었다.

"어쩌지?"

"뭘, 어째. 골라내면 되지."

하영이가 승민의 바구니를 들고 밖으로 나왔다.

"이건 버리고 나머지는 내가 딴 걸로 하지 뭐."

하영은 잘 익은 토마토를 골라 자신의 바구니에 담고 초록 토마토를 두엄 더미에 쏟아 버렸다.

"오빠 덕분에 시간 벌었네."

승민이가 뒤통수를 긁었다.

"내일도 알바 나올 거지?"

"당근!"

"그만 가자."

하영이가 장갑을 벗었다. 승민이 하우스 폴대에 기대 둔 자전거를 끌어냈다. 승민이 자전거에 올라 균형을 잡자 하영이가 뒷자리에 자리를 잡았다. 이내 자전거가 굴러가기 시작했다.

"비가 오려나 봐."

머리 위로 먹구름이 몰려오고 있었다. 물기를 잔뜩 머금은 구름은 금세 비를 쏟을 듯했다. 바람도 꿉꿉했다.

"빨리 가자."

말이 떨어지기 무섭게 빗방울이 내리기 시작했다. 빗방울이 콧잔등에 떨어졌다 싶은 순간 쏴아, 장대비로 변했다. 일시적으로, 일정 지역에 집중적으로 쏟아지는 국지성 집중 호우였다.

"하우스로 돌아갈까?"

"이미 젖었는데 그냥 가자."

그러자 승민이 페달을 더 힘차게 밟았다. 거센 빗방울에 눈을 뜰 수가 없었다. 둘은 비 한가운데를 달려나갔다. 하영은 비를 맞으며 하루아침에 친엄마의 존재를 알게 된 기분을 생각했다. 그것도 자신을 버린 엄마를 말이다.

자신의 존재가 낯선 무엇으로 뒤집혀 버린 기분일지도 모르겠다는 생각이 들었다. 아니 그 생각마저 막연했다. 승민 오빠는 살아가는 동안, 때때로 오늘 같은 빗속에 서 있게 될지도 몰랐다. 이건 늦다리 사춘기와는 다른 차원의 문제였다. 하영이는 승민 오빠가 차라리 늦은 사춘기나 어설픈 첫사랑을 찾아갔더라면 나았겠다는 생각을 잠시 했다.

"오빠, 괜찮아?"

"응, 시원해."

둘은 한참을 그렇게 달렸다. 여우비였는지 비가 언제 내렸냐는 듯 뚝 그쳤다. 파란 하늘이 흰 구름 사이로 얼굴을 내밀었고 고추잠자리가 다시 맴을 돌았다.

"옷 망쳐서 어쩌지?"

"괜찮아, 오빠도 젖었잖아."

"여기, 자전거."

승민이 자전거를 건네주고 돌아섰다. 승민은 평상시와 다름없어 보였다. 하영이 눈에는 그게 더 아슬아슬해 보였다. 그래서 '잘 가', '힘내' 따위의 말을 할 수가 없었다. 지금은 어떤 말도 필요치 않아 보였다. 하영은 자전거를 끌고 집으로 향했다. 그러다 문득 승민에게 할 말이 떠올라 자전거를 돌려세우고 걷고 있는 승민을 따라잡았다.

"오빠!"

"······."

승민은 하영이를 보고도 멍했다. 그새 승민의 시선은 먼먼 어딘가를 헤매는 중이었다. 승민은 자신의 생각에 갇혀 있는 것처럼 보였다.

"나, 할 말이 있는데······."

"뭔데?"

"······."

"왜 그래?"

"있잖아, 나 오빠 사랑해!"

하영이 고백해 버렸다. 고백은 수줍지도, 별 떨림도 없이 훅 나와 버렸다. 승민이 뒷머리를 긁적였다. 붉게 상기된 채 아무 말이 없는 승민을 보자 하영은 '세상에, 이게 뭐람?' 하는 생각에 자신의 입을 막았다. 자전거를 돌려받았을 때 곱게 집으로 갔어야 했다.

"나도."

잠시 후, 승민은 조용하지만 단호하게 말했다.

"그리고 오늘 고마웠어."

승민이 하영이 손을 잡았다. 맞잡은 승민 오빠의 손이 뜨거웠다. 하영은 어쩐지 조마조마했다. 하영이가 돌아섰다. 그러자 승민이 하영이 자전거를 끌며 아무 말 없이 하영이 옆에 섰다. 둘은 그렇게 왔던 길을 다시 걷기 시작했다. 금 같은 침묵이 둘을 감싼 채 흘렀다.

뽕짝 메들리

승민이 돌아왔다. '여전히 헤매는 중'이라는 짧은 문자와 '아빠에게는 자기가 말하겠다'는 연락을 받은 지 한 달 만이었다.

"너, 이 자식! 여기가 어디라고 기어 들어와!"

승민이를 본 승민 아빠의 첫마디였다. 호아센은 그런 승민 아빠를 내버려뒀다. 동네에 난 소문을 믿으니 승민 아빠로선 그럴 만했다. 승민이는 가출이 아니라 잠시 외출을 한 것이다. 승민은 자신을 찾는 생모를 만나러 갔고, 호아센은 그 사실을 알고 있었다.

"또 그럴 거야?"

이 말을 끝으로 승민 아빠의 긴 잔소리가 끝났다. 승민이는 아빠의 잔소리를 듣는 내내 한 마디도 하지 않았다. 고개만 푹 숙이고 있다가 자기 방으로 들어갔다. 호아센은 닫히는 문을 얼른 붙잡았다. 해야 할 말도, 묻고 싶은 말도 많았다.

"괜찮아?"

"네……."

승민이 침대에 걸터앉았다. 짐작대로 승민이는 괜찮아 보이지 않았다.

"어떻게 됐어?"

"그게……."

승민이 문 쪽을 흘깃 봤다. 아빠가 신경 쓰이는 눈치였다. 그건 호아센도 마찬가지였다. 아무래도 적절한 때가 아닌 듯싶었다. 방에서 나가려는 호아센에게 승민이 물었다.

"하잉은 어때요?"

하잉은 호아센이 베트남에 있을 때 얻은 딸이다. 22살에 미혼모가 된 호아센은 돌이 지난 하잉을 두고 한국으로 시집을 왔다. 그리고 다섯 살이 된 승민이를 만났다. 그게 벌써 12년 전 일이었다.

"내일 도착해……."

호아센이 말끝을 흐렸다.

"내일요?"

승민이가 놀란 눈을 했다. 그동안 지지부진하던 하잉의 중도 입국 절차였던지라 내일이라는 날짜에 놀라는 건 당연했다.

"마무리 단계라 그런지 생각보다 일이 빨리 진행됐어."

"미리 연락 좀 주죠."

"연락 안 해도 이렇게 딱 맞춰 왔잖아."

승민이 고개를 끄덕였다. 그러고는 더 이상 말이 없었다. 생각이 많은 모양이었다. 왜 아니겠는가? 힘든 외출에서 돌아왔고, 생면부지의 동생이 내일 떡하니 나타날 테고. 그럼에도 승민은 담담해 보였다. 호아센은 어른스러운 승민이가 안쓰러웠다. 그러자 새삼 석 달 전 일이 떠올랐다.

핸드폰에 낯선 번호가 뜬 것은 노래방에서였다. 뽕짝을 연달아 세 곡째 부른 직후였다.

저, 승민이 생모예요. 저……

호아센은 핸드폰을 떨어뜨릴 뻔했다. 나쁜 벌레라도 만진 듯 소름이 돋았다. 문자 메시지는 주저하는 빛이 역력했다. 호아센은 무릎에 올려 둔 노래 책을 슬그머니 탁자에 내려놓았다.

"호아센, 뭐 해? 자기 차례야."

하영 엄마인 명희 언니가 채근했다.

"네네, 지금 갑니다."

마이크를 건네받은 호아센은 예약해 둔 노래를 부르기 시작했다. 노래방 분위기는 한껏 달아올라 있었다. 누군가는 박수를 쳤고, 누군가는 흥에 겨워 탬버린을 흔들었다. 호아센은 노래에 집중할 수 없었다.

'어쩌지?', '내 연락처는 어떻게 알았지?' 문자 하나에 오만가지 생각뿐이었다. 승민이 생모는 하고 싶은 말이 있는 게 분명했다.

"역시, 호아센이 대가마을의 명가수구먼!"

노래방 점수를 보며 정동 할매가 엄지를 추켜들었다. 하지만 호아센은 복잡한 제 마음이 숫자로 찍힌 것 같아 달갑지 않았다. 그날은 하영 엄마의 노래를 끝으로 모임이 끝났다. 집으로 돌아오는 봉고차 안에서 하영 엄마가 귓속말을 했다.

"호아센, 무슨 일 있어?"

호아센은 얼른 고개를 흔들었다.

"일은요……."

호아센은 시치미를 뗐다. 쉽게 입 밖에 낼 말이 아니었다. 친언니 같은 하영 엄마라 해도 어쩔 수 없었다. 하영 엄마도 더 캐묻지 않았다. 하영 엄마는 섣부른 판단을 하지 않는 건 물론 상대를 기다리는 것도 잘했다. 호아센은 살짝 미안한 마음이 들었지만 애써 무시했다.

'승민이 일이야. 신중해야 해.'

호아센은 생각에 생각을 거듭했다. 당분간은 승민에게도, 승민 아빠에게도 비밀이 될 것 같아 마음이 무거웠다. 호아센이 몬 봉고차가 마을 회관 앞에 도착했고, 사람들과 헤어진 호아센의 발길은 무겁기만 했다. 마저 읽지 못한 문자 메시지가 신경 쓰여 죽을 지경이었다. 괜히 핸드폰을 만지작대고 있을 때 어둠 속에서 승민이가 불쑥 나타났다.

"엄마!"

"왜 나왔어?"

호아센이 얼른 주머니에서 손을 뺐다.

"아빠가 가 보라잖아요."

승민이 볼멘소리를 했다. 승민이는 쑥스러워 괜한 핑계를 댔다. 호아센의 외출이 늦어지면 늘 대문 밖에 나와 있는 승민이었다.

"오늘 재미있었어요?"

"내가 오늘 몇 곡 불렀게?"

"다섯 곡?"

호아센이 대답 대신 하이파이브를 신청했다. 승민이가 기꺼이 둘만의 세리머니에 화답했다. 짝! 하이파이브는 둘이 통했을 때 하는 의식이었다.

"근데 벌써 봉고차를…… 밤중에는 하지 마세요"

"이 엄마를 뭘로 보고! 너 고3 되면 픽업이 필수래. 미리미리 연습 겸."

호아센 말에 승민이가 뒤통수를 긁적이며 웃었다. 하지만 호아센은 다른 날과 달리 웃음이 나오지 않았다. 어느새 집 앞이었다.

"아빠가 찰떡 아이스 사 뒀어요."

"너희 아빠 융통성 없는 건 알아줘야 해."

현관에 켜 둔 알전구 덕분에 마당이 환했다. 대문을 열고 들어서자 승민 아빠가 나왔다.

"이번에도 찰떡 아이스라면서요?"

승민 아빠가 뒤통수를 긁적이며 말했다.

"짜식, 그걸 일러 바치냐?"

그러자 이번에는 승민이가 뒤통수를 긁적였다. 호아센은 똑 닮은 부자에 혀를 내둘렀다. 뒤이어 문자 메시지가 다시 떠올랐다. 더 이상 미룰 수 없었다. 호아센은 화장실이 급한 척 문을 열고 들어갔다.

승민이를 한번 만나고 싶어요. 그럴 때가 됐다고 생각해요.
마음 정해지면 연락 주세요.

메시지를 확인한 호아센이 '그럴 때'라는 말을 입속으로 굴렸다. 혼자 결정할 수 있는 일이 아니었다. 사춘기의 승민도 문제지만 승민 아빠가 더 문제였다. 승민 아빠는 승민의 생모가 자신과 자식까지 버렸다고 생각했다. 호아센은 망설여졌다. 답 문자를 썼다 지우기를 반복했다. 하지만 문자를 안 하면 전화가 올까 봐 신중하게 메시지를 보냈다.

혼자 결정할 수 없어요. 기다려 주세요.
시간이 필요해요.

문자를 보내고 나자 가슴이 방망이질했다.

알겠어요. 고마워요.

호아센은 '고맙다'는 말이 전혀 반갑지 않았다. 그게 벌써 석 달 전 일이었다. 승민이에게 말하기까지 날이 꽤 걸렸고, 방황하던 승민이가 외출한 지 꼭 한 달 만에 돌아왔다.

다음 날이었다. 픽업 트럭 뒷자리에 승민이가, 조수석에 승민 아빠가 앉았다. 호아센은 운전석에 앉자마자 공항을 향해 출발했다. 호아센은 지난달에 운전면허증을 땄고 차 뒤에는 초보운전이라는 딱지가 붙어 있었다. 승민 아빠가 호아센을 빤히 쳐다봤다.

"오늘 저녁 뭐 먹지?"

"삼겹살 준비해 뒀어요."

삼겹살은 식구들은 물론 하잉도 좋아하는 음식이었다. 작년 겨울에 하잉이 왔을 때 맛있다고 했던 유일한 음식이었다.

"그걸로 되겠어? 하잉이 좋아하는 거 없나?"

승민 아빠가 머리를 굴리기 시작했다. 곧 아무것도 떠오르는 게 없는지 난감한 얼굴을 했다. 미안할 일이 아니었다. 베트남에서 나고 자란 하잉의 식성을 승민 아빠가 모르는 건 당연했다. 사실 호아센도 하잉이 무엇을 좋아하고 싫어하는지 모르긴 마찬가지였다.

가족이란 그런 거였다. 함께 살면서 살을 부비고 눈을 맞춰야 했다. 그렇게 살아도 속내를 모르는 게 가족이다. 승민 아빠 입장에서는 승민의 생모에 대해 아는 순간 호아센에게 배신감이 들 게 뻔했다. 하물며 하잉과는 이제 시작이었다. 호아센은 걱정 반 설렘 반인 제 마음을 다시 한 번 추스렸다.

"비행기가 제때 들어와야 할 텐데."

승민 아빠가 비행기가 연착될까 봐 걱정했다. 호아센도 대답 대신 고개를 끄덕였다. 승민 아빠는 토마토 작목반에 나가야 했다. 새벽 작업에 손을 걷어 붙였지만 일손이 부족했고, 요즘 토마토가 익어 가는 속도를 따라가기 어려웠다.

드디어 트럭이 공항에 들어섰다. 주차장에 자리를 찾아 산뜻하게 주차를 했다. 출발이 좋았다.

"시간 됐네, 얼른 갑시다."

승민 아빠가 앞장서 출국장으로 걸어갔다. 호아센과 승민이가 그 뒤를 따랐다. 하지만 비행기는 연착이었다. 하잉이 탔을 다낭발 비행기뿐 아니라 베트남에서 오는 비행기 모두 연착이라고 했다. 항공사 직원들에게 물어보니 기상 악화라는 말뿐이었다.

"하잉 만나면 택시 타고 갈게요. 얼른 일 가요."

호아센은 표정이 어두워지는 승민 아빠의 등을 떠밀었다. 가라고 재촉하는 호아센을 승민 아빠가 빤히 쳐다봤다.

"하잉에게 낯선 느낌을 주고 싶지 않아."

"하지만 토마토가 너무 익어 버리면……."

"첫 기억은 오래 남는 법이야. 한국에 여행 온 것도 아니고 살러 오는데 그러면 안 되지."

승민 아빠의 말에서 진심이 느껴졌다. 호아센은 고마워서 승민 아빠의 손을 잡았다. 승민 아빠도 호아센의 손을 맞잡으며 기분 좋게 웃었다. 그러자 호아센의 가슴이 찌르르해 왔다. 거짓이나 비밀은 오래 묵혀 둘 것이 아니었다. 곧 승민이 생모에 대해 털어놔야겠다고 다짐했다.

"저기, 하잉이에요!"

승민이가 출구를 가리켰다. 비행기는 2시간이나 연착된 후에야 도착했다. 호아센을 향해 걸어오는 하잉은 그새 키가 훌쩍 커 있었다. 순간 호아센은 울컥했다. 어쩔 수 없이 헤어져 지내야 했던 시간이 아프게 다가왔다.

"가자, 우리 집으로."

승민 아빠가 하잉에게 손을 내밀었다. 하잉이 수줍게 승민 아빠의 손을 잡았다. 호아센이 운전석에 앉자 자연스럽게 조수석에 하잉이 앉았다. 뒷좌석에 탄 승민 아빠가 '큼' 헛기침을 했다. 옆에 앉은 승민이는 아빠를 외면한 채 창밖을 내다보고 있었다. 트럭은 빠르게 달려 하우스 앞에 도착했다.

토마토 작목반의 오후 간식 시간이 코앞이었다. 하잉의 손을 잡은 호아센은 한껏 들뜬 상태였다. 발걸음도 날아갈 듯 가벼웠다. 만나는 사람마다 '내 딸이 왔다고!' 외치고 싶은 걸 간신히 참는 중이었다. 호아센이 하잉 손을 잡은 채 하우스 안으로 들어갔다.

"하잉 왔구나! 어서 와."

하영 엄마가 먹고 있던 빵을 두고 하잉을 반겼다. 그러자 간식 앞에 모여 있던 사람들이 하나둘 하잉을 둘러싸기 시작했다.

"오느라 힘들지 않았어?"

"괜찮았어요."

하잉이 수줍게 대답했다.

"아주 엄마를 딱 닮았네."

"환영한다. 우리가 엄청 기다린 거 알지?"

마을 사람들의 인사가 쏟아졌다. 그때 하잉에게 쏟아지던 사람들의 시선이 일제히 하우스 입구 쪽으로 향했다. 그곳에 한 여자가 서 있었다. 잠깐 머뭇거리던 여자는 사람들을 향해 걸어왔다. 걸음걸이가 거침이 없었다.

"아이고, 승민 생모 아니여……."

정동 할매가 깜짝놀라며 혼잣말을 했다.

"누구라고?"

"조용히 해……."

사람들의 눈짓과 수근거림으로 호아센은 그 여자가 누구인지 알 수 있었다. 아니, 단번에 승민의 생모임을 알 수 있었다. 여자는 승민이와 닮았다. 호아센의 가슴이 두근거렸다. 자신도 모르게 승민 아빠를 보았다. 그와 동시에 큰 소리가 들렸다.

"뭐 하는 거야! 여기가 어디라고!"

토마토를 내던진 승민 아빠가 다짜고짜 화를 냈다.

"그렇게 화낼 거 없어요."

승민의 생모는 차분했다.

"뭐어?"

가까스로 참고 있던 승민 아빠가 하우스를 나가 버렸다. 호아센은 승민 아빠를 쫓아 밖으로 나왔다.

"이렇게 나오면 어떡해요."

승민 아빠가 호아센을 노려봤다. 살면서 한 번도 보지 못한 표정이었다. 호아센은 자신도 모르게 붙잡았던 승민 아빠의 팔을 놓았다. 승민 아빠는 빠르게 하우스 단지에서 멀어지고 있었다.

"저랑 얘기해요."

생모에게 말하는 승민의 목소리가 단호했다. 호아센은 하잉의 손을 잡은 채 둘을 지켜봤다. 자신이 나서서 해결할 수 있을 것 같지 않았다.

"읍내로 가요."

승민의 말에 승민의 생모가 자신의 차로 다가갔다. 그 뒤를 따르는 승민 앞으로 호아센이 나섰다. 승민이 혼자 읍내로 보내야 할지 망설여졌다.

"괜찮아요. 엄마, 저 혼자 다녀올게요."

호아센의 마음을 눈치챈 승민이 말했다.

"제 일이잖아요. 일단 보내고 올게요. 엄마는 아빠 챙겨 줘요."

"그래도 혼자서……."

"괜찮아요. 하잉도 챙기고요. 많이 놀란 것 같은데……."

승민이 말이 맞았다. 영문을 모르는 하잉은 아까부터 죄인처럼 고개를 떨구고 있었다. 자신 때문에 벌어진 일인 양 주눅 들어 보였다.

"다녀올게요."

승민이 생모와 함께 승용차에 타는 걸 본 호아센은 하잉의 손을 잡고 집으로 향했다. 가는 길에 자초지종을 설명하며 당부했다.

"하잉, 이건 승민 오빠한테 엄청 중요한 일이야. 네가 엄마를 찾아온 것만큼이나 오빠 일도 잘 풀어야 해. 그러니까 우선 이 일부터 해결하자."

호아센의 말을 듣는 하잉이 그제야 상황 파악을 하고 얼굴이 조금 펴졌다.

"다 왔다. 들어가자."

대문을 열자 승민 아빠가 마당가를 서성이고 있었다. 화나서 온 데가 기껏 집이었다. 호아센은 승민 아빠를 보자 안쓰러운 마음이 들었다.

"와도 왜 하필 오늘이야! 하잉, 이 일은 너와 상관없는 일이니까 신경 쓸 거 없어. 미안하다."

"엄마한테 들었어요. 오빠한테 중요한 일이라고."

"그래. 그래도 너까지 걱정할 필요는 없어. 아닌가? 하잉도 우리 식구니까 함께 걱정해야 하나?"

승민 아빠가 갈팡질팡하는 투로 억지 미소를 지었다.

"밥 먹자. 승민이는?"

분위기를 바꾸려는 듯 승민 아빠가 대문을 보며 물었다. 호아센은 아차 싶었지만 이미 늦었다.

"생모랑 읍내에 갔어요."

"걔가 거길 왜 가!"

승민 아빠가 또 버럭 화를 냈다.

"그냥 보낼 수는 없잖아요."

"무슨 상관이라고!"

다행히 승민 아빠의 화는 더 폭발되지 않았다. 호아센도 무슨 말을 더 했다간 안 될 것 같아서 말없이 승민이 방으로 갔다. 주인 없는 방은 적막해 보였다. 호아센은 한참을 방문 앞에 그대로 서 있었다. 그러다 생각을 고쳐먹었다.

"하잉, 자전거 탈 줄 알지?"

하잉이 고개를 끄덕였다. 호아센은 하잉에게 승민의 자전거를 내밀고 자신도 자전거에 몸을 실었다. 그러곤 하우스를 향해 출발했다. 하잉이 그 뒤를 따랐다.

"승민 아빠는 어때?"

토마토가 담긴 노란 상자를 나르던 하영 엄마가 물었다. 호아센은 대답 대신 고개를 흔들었다.

"어쩌니."

"언니 그것보다……."

"뭔데?"

"하잉 좀 잠깐만 봐 주면 안 될까요?"

"읍내 가 보게?"

"승민이 생모가 자꾸 마음에 걸려요."

"가서 어쩌려고?"

"뭘 어쩌겠다는 건 아니고…… 그냥 승민이 혼자 두면 안 될 것 같아서요."

하영 엄마가 고개를 끄덕였다.

"근데…… 내가 승민이 생모에게 무슨 말을 할 수 있을까요?"

"승민이는 내가 키웠다, 그러니 내 아들이다!"

"농담 말고요."

"그러게 말이야……."

하영 엄마는 말을 아꼈다.

"엄마가 자식 만난다는데 안 된다고 하는 게 이상하지 않아요?"

"그렇지."

하영 엄마가 흔쾌히 고개를 끄덕였다.

"그렇죠? 문제가 좀 풀린 것 같네요. 고마워요. 언니."

"고맙긴. 역시 호아센이야, 파이팅! 내가 데려다줄게."

"걱정 마요."

호아센이 자랑스럽게 차 키를 흔들었다.

"혼자서 괜찮겠어?"

"그럼요. 읍내도 몇 번 가 봤고, 차 끌고 공항에도 갔다 왔어요. 언니, 그럼 하잉 좀 부탁해요."

"걱정하지 말고 다녀와. 붙임성 좋은 우리 딸이 있잖아. 하잉은 하영이가 알아서 잘 돌볼 거야."

호아센은 자신을 배려해 주는 하영 엄마를 생각해서라도, 쉬는 날 하루라도 더 나와 일을 거들어야겠다고 생각했다.

차를 운전하는 내내 많은 생각들이 호아센의 머리를 스쳐 갔다. 호아센은 어린 하잉과 헤어지고 승민을 만났다. 지금 생각하면 자신도 어린애나 마찬가지인 나이였다. 그럼에도 승민은 호아센을 잘 따랐다. 하잉이 자신을 찾아온 것처럼 승민이에게도 기회를 줘야 했다. 아니 승민의 생모에게도 기회를 주는 게 맞는 것 같았다. 꼬리에 꼬리를 문 생각을 하다 보니 그새 읍내였다.

카페 앞에 차를 주차하고 호아센이 크게 심호흡을 했다.

"왜 이리 늦어."

승민 아빠가 카페가 있는 건물 쪽에서 나왔다. 호아센이 놀라 주춤 뒤로 물러났다.

"당신, 여긴 어떻게?"

"……."

승민 아빠는 아무 말이 없었다. 그저 땅만 물끄러미 내려다보고 있었다.

"들어가요."

"하잉은?"

"명희 언니네에. 하영이 잘 봐 줄 거예요."

고개를 끄덕이며 승민 아빠가 한숨처럼 내뱉었다.

"사는 게 왜 이렇게 어렵냐……."

"화 많이 났어요?"

"당신한테 화난 거 아니야. 나한테 화난 거지……."

쓸데없는 자책이었다. 호아센은 '사는 것이 마음처럼 되나, 뭐.' 하려다 말고, 자책하는 승민 아빠를 보며 말했다.

"일 벌린 건 난데?"

"당신이야 어쩔 수 없었겠지. 나도 승민이도 언젠가는 마주쳐야 할 일이었어. 그게 지금인 거 같아."

호아센이 승민 아빠의 등을 쓰다듬으며 다정스레 말했다.

"우리 잘 마주치고 승민이 잘 보호해요. 자, 들어가요."

호아센의 말에 쭈뼛대던 승민 아빠가 힘 있게 카페 문을 밀었다. 그러곤 승민이가 있는 테이블로 다가갔다.

"이게 마지막이에요."

승민이가 생모를 향해 단호하게 선을 긋고 있었다.

"더 이상 우리 앞에 나타나지 마세요."

승민의 말에 생모가 숙였던 고개를 들었다. 생모는 울 것 같은 표정으로 승민의 말에 동의할 수 없다는 얼굴을 했다.

"그럴 필요 없어."

승민 아빠가 승민 옆에 앉으며 말했다.

"아빠!"

"너, 진심 아니잖아?"

승민의 눈을 보며 아빠가 물었다. 승민이는 대답 대신 고개를 숙였다.

"승민이가 가든, 당신이 읍내로 오든 상관없지만 이렇게 불쑥 찾아오는 건 절대 안 돼!"

"아빠……."

"둘이 만나는 거 막지 않을 거야. 하지만 우리 가족 사이에 끼어들지는 마."

"승민이만 볼 수 있다면 그럴 일은 절대 없어요."

승민의 생모는 고맙다는 말 대신 손수건을 꺼냈다.

"할 말 끝났으면 이제 가자."

승민 아빠가 일어섰다.

"저, 잠깐만……."

승민의 생모가 자리에서 일어나 호아센에게 고개를 숙였다.

"그동안 미안하고 고마웠어요."

"제가 뭘요."

호아센이 손사래를 쳤다. 진심이었다.

'나도 당신과 같아요. 나도 나 혼자 살겠다고 핏덩이를 두고 왔다가 11년 만에 만났어요. 오늘이 바로 그날이에요. 나한테 고마워할 것도 미안해할 것도 없어요.'

호아센은 짧은 순간 눈을 마주친 승민의 생모에게 제 속마음을 비쳤다. 살다 보면 어떤 문제는 바로 풀리기도 하고, 어떤 문제는 돌고 돌아 풀리기도 하는 것 같았다.

돌아오는 차 안에는 침묵만 흘렀다. 호아센, 승민 아빠, 승민

셋 다 후련하고 조금은 편안한 침묵이었다.

"하잉은요?"

차가 동네 어귀에 다다르자 승민이가 물었다.

"낯선 곳에서 종일 눈치 보지는 않았는지 모르겠다."

승민 아빠가 걱정스런 목소리로 하영이네 집으로 운전했다.

"하잉한테 미안한데요."

"이제부터 오빠 노릇 제대로 하면 되지."

승민 아빠의 말에 승민이가 뒤통수를 긁적였다.

"너 또 답답하다고 하영이한테 잔소리 듣겠다."

호아센이 머리 긁는 승민이 손을 잡아 무릎에 올려 두었다.

"하영이 잔소리가 심해?"

승민 아빠가 물었다.

"어후, 말도 마요. 우리 아들을 어찌나 다그치던지……."

"아, 그 정도는 아니에요."

호아센의 말에 승민이가 얼른 막아섰다.

"너 벌써 하영이 편 드는 거야?"

호아센이 승민을 보며 물었다.

"엄마도 참."

승민이가 또 뒤통수를 긁적였다. 거뭇거뭇 땅거미가 지고 있었다. 어느새 하영이네 집 앞이었다. 마당으로 들어서자 구수한 된장찌개 냄새가 났다. 마침 안심 할매가 주방에서 나오고 있었다.

"아이고, 다들 고생했네. 여 들어와 한 술씩 뜨고 가."

할머니가 호아센의 손을 잡아끌었다. 식탁에는 하잉 몫의 밥이 더 차려졌다.

"어이구, 우리 엄니 센스 보소."

하영 엄마의 손짓에 하영이 하잉을 데리고 나왔다.

"저녁은 집에 가서 먹을 거지?"

"네. 우리 식구 첫 끼잖아요."

"그래, 얼른 가 봐."

하영 엄마가 호아센의 등을 떠밀었다. 하영이는 승민이를 살폈다. 하루 종일 승민이 걱정되던 참이었다. 하영과 승민은 말없이 짧게 눈빛 교환만 했다. 눈치 빠른 하영이 괜찮다는 승민의 눈인사를 받고 하잉에게 인사를 건넸다.

"하잉, 잘 가. 내일 또 보자."

하영이 인사하자 하잉도 고개를 끄덕였다.

조용한 차 안에서 말 없는 세 사람을 대신해 하잉이 분위기를 풀어 줄 말을 했다.

"하영 언니 좋아요. 나, 동생 생겼다고 좋아해요."

용기 내어 말하는 하잉의 말에 승민이 대답했다.

"조심해라. 곧 잔소리 터질 테니까."

"잔소리?"

하잉이 물었다.

"그런 게 있어."

승민이 씩 웃었다.

"하잉, 집에 왔다! 얼른 들어가자."

승민 아빠가 운전석에서 내려 뒷문을 열고 손을 내밀었다. 하잉은 승민 아빠 손을 잡고 차에서 내렸다. 하잉은 처음보다 수줍음이 많이 가신 듯했다.

그동안 승민이와 승민 아빠와 셋이 지지고 볶았다면 이제 하잉이 있었다. 호아센은 하잉을 앞세우고 집을 향해 걸어갔다.

라온이

초저녁에 울리던 전화벨이 끊기고 꽤 긴 시간이 흘렀다. 다른 때 같으면 일어나 전화를 받았을 정동 할매가 가만 누워만 있다. 전화는 어제도 같은 때에 저 혼자 울리다 말았으니 꼬박 하루가 지났다.

"컹컹!"

마당에 있던 라온이가 목청을 돋웠다. 하지만 라온이 목소리는 담장을 넘지 못했다. 할머니 집은 마을과 떨어진 채 어둠 속에 묻혀 있었다.

'어디서부터 잘못된 걸까?'

라온이는 생각했다.

어제 아침까지는 별일 없었다. 어제 낮, 잠이 든 할머니가 좀처럼 일어나질 못 했다. 낮잠이 평소보다 길어지고 있었다. 라온이는 할머니가 좀 많이 잔다 싶었지만 요즘 들어 피곤해 보였던 터라 큰 걱정은 하지 않았다.

"할머니!"

벌써 날이 저물고 있었다. 아무래도 이상했다.

"으음."

그때 할머니의 신음 소리가 흘러나왔다. 라온이는 덜컥 뭔가 잘못되고 있다는 생각이 들었다. 누군가를 불러야 하지 않을까 싶었지만, 아파하는 할머니를 두고 차마 집 밖을 나갈 수가 없었다. 밖에 나간다 해도 누구에게 알려야 할지 막막했다. 10년을 함께 산 할머니라면 몰라도 자신의 말을 알아들을 사람은 없을 터였다. 그때 전화벨이 또 울렸다. 라온이는 안도하며 큰 소리로 짖었다.

"할머니, 전화 왔어요!"

인천에 산다는 큰딸, 순이는 날마다 전화를 했다. 늘 같은 때, 비슷한 내용의 안부 전화였다. 비가 오나 눈이 오나 한결같았다. 전화를 받는 할머니의 대답도 늘 똑같았다. 라온이는 할머니를 쳐다봤다. 하지만 할머니는 전화 소리에도 움직이지 않았다.

"할머니, 일어나요!"

라온이는 다시 짖어 할머니를 불렀다. 쉴 새 없이 울리던 전화는 끊기다 울리다, 다시 끊기다 울리다 여러 번 하더니 뚝 끊어졌다. 전화 때문에 불안한 마음이 더 커졌다. 라온이는 두려움을 떨쳐 내고 절룩거리는 다리로 마루에 오르기를 여러 번 도전했다. 드디어 마루로 올라 방문 앞으로 갔다.

"컹컹!"

닫힌 문을 발로 긁었다. 몇 시간을 그러자 몸이 늘어졌다. 어제부터 아무것도 먹지 못한 탓이었다. 라온이는 벌어진 문틈 사이를 열어 늘 그랬던 것처럼 할머니 발치로 가 둥글게 몸을 말았다. 그러자 할머니를 처음 만났던 날이 떠올랐다.

그해 여름은 참 더웠다. 뉴스에서는 30년 만에 찾아온 더위라고 했다. 아침부터 달아오른 기온이 미친 듯이 치솟았다. 실희 언니의 차가 도심을 벗어난 지 한참 지났고, 구불구불한 길이 계속된 지도 오래됐다. 실희 언니는 어느 어귀, 삼거리쯤에서 차를 세웠다. 그러더니 다짜고짜 라온이를 길섶에 내려놨다. 그 순간만은 살갑고 정 많던 실희 언니가 아니었다. 1년을 함께 산 실희 언니였다. 무서우리만치 차가웠다. 라온이는 버려진 것보다 실희 언니의 느닷없는 변화가 더 두려웠다. 라온이는 멀어지는 차를 향해 뛰지 못했다. 그사이 차는 망설임 없이 모퉁이를 돌고 있었다. 그제야 라온이는 뛰기 시작했다. 차가 보이지 않을 때까지 한참을 뛰자 곧 숨이 턱에 찼다.

"이제 어떡하지……."

헐떡이는 숨을 돌리던 순간 마주 오던 트럭이 라온이를 덮쳤다. 끔찍한 고통이 온몸을 훑고 지나갔다.

"오메, 어째야 쓰까?"

전동차에서 내린 할머니는 라온이를 향해 달려왔다. 자신도 몸이 편치 않아 보였다. 할머니는 밭에라도 다녀오는지 전동차에는 푸성귀가 실려 있었다.

"느그 주인은 어딨냐?"

라온이는 할머니가 무서웠다. 아니 사람이 무서워지기 시작했다.

"오메, 어째야 쓰까? 병원부터 가야 쓰것구먼."

어쩔 줄 몰라하던 할머니가 전동차에 라온이를 태우고 운전하기 시작했다. 건물과 차들이 많은 읍내의 동물 병원에 내렸다. 라온이의 상태를 살피던 수의사가 고개를 흔들었다.

"당장 수술해도 다리가 정상으로 돌아오기는 힘들어요. 흠, 버려진 개이고 수술 비용도 만만치 않을 텐데 안락사하는 게……."

"그라제만은 어떻게 살아 있는 생명을……."

할머니가 고개를 흔들었다.

"의사 양반, 비용은 내가 댈 텐께 수술부터 해 주시오."

할머니의 말에 의사가 라온이의 상처를 살피기 시작했다. 아주 꼼꼼한 진찰이었다. 곧 라온이는 기억을 잃었고 얼마 후 깨어났다. 오른쪽 뒷다리에 붕대가 감겨 있었다. 할머니는 라온이가 입원한 동안 전동차를 타고 라온이를 보러 왔다.

"애가 아주 영리해요."

수의사가 라온이를 쓰다듬었다.

"아이고, 죽을 고비도 넘기고 장하다. 잘했다."

라온이를 쓰다듬으며 정동 할매가 칭찬했다. 할머니는 언제, 어느 때고 라온이를 칭찬했다. 밥을 잘 먹거나, 낯선 사람을 보고 짖을 때도 칭찬했다. 처음 할머니네 집에 도착했을 때, 할머니가 목걸이를 들여다봤다.

"라온이? 라온이가 뭔 뜻일랑가? 뭔 뜻인지 몰라도 좋은 뜻이 것제잉."

할머니가 머리를 쓰다듬자 라온이가 꼬리를 흔들었다. 그렇게 라온이의 이름은 바뀌지 않았다. 목에 차고 있던 목걸이에 '온라온'이라는 표식이 남아 있었기 때문이었다. 당연히 실희 언니 전화번호는 지워지고 없었다.

"라온아, 이제 너는 나랑 식구여. 식구는 죽어도 같이 죽고 살아도 같이 살아야 하는 거여. 알것제?"

그게 벌써 10년 전 일이었다.

"식구……."

라온이의 식구인 할머니가 아프다. 그런데도 자신은 아무것도 할 수가 없어서 슬펐다. 그렇게 얼마의 시간이 흘렀는지 모르겠다. 골목길로 접어드는 발걸음 소리가 들렸다. 라온이는 벌떡 일어났다. 발소리는 집 쪽으로 향하고 있었다. 곧 대문 열리는 소리가 났다. 라온이가 신호를 주려고 짖기 시작했다.

"컹컹."

"정동 할매, 계십니까?"

하영 아빠 목소리였다. 라온이는 벌떡 일어나다 다시 주저앉고 말았다. 몇 시간째 같은 자세로 있었던 탓에 온몸이 저릿거렸다.

"할매, 순이가 전화를 했어요. 전화를 안 받아 걱정된다고 해서 왔습니다."

하영 아빠가 다시 한 번 확인했다. 방문이 열리고 시원한 공기가 왈칵 쏟아져 들어왔다. 라온이는 이제 할머니도 자신도 살았다 싶었다.

"할매?"

할머니를 흔들던 하영 아빠가 그대로 바닥에 주저앉았다.

"아이고, 할매!"

정신을 수습한 하영 아빠가 제일 먼저 한 일은 전화를 하는 거였다.

"119지요?"

곧 비상등을 켠 구급차가 나타났고 동네 사람들이 하나둘 모이기 시작했다. 집 안에 있는 불이란 불은 다 켜졌다. 어둠에 묻혀 있던 할머니 집이 대낮처럼 밝아졌다. 마당에 선 사람들이 수런거리기 시작했다.

"에휴, 무슨 일이래요?"

"긍게. 어제 오전에도 깨 터는 걸 봤는디……."

동네 사람들의 안타까운 탄성이 쏟아졌다.

"저 개가 임종을 지킨 것이여?"

누군가 라온이를 가리켰다.

"정동 할매가 엄청시리 이뻐하등만 저놈이 효도했네잉."

구급 대원이 가족을 찾았다.

"제가 동네 이장입니다. 가족들은 모두 외지에 있어서, 지금 연락 받고 내려오는 길입니다."

하영 아빠가 앞으로 나섰다.

"돌아가신 지 하루 정도 된 것 같습니다."

구급 대원이 말했다.

"자식들 올 때까지 기다려야겠지요?"

"잠시만 기다려 주세요. 제가 결정할 일이 아니라서……."

하영 아빠가 급하게 전화를 걸어 누군가와 한참을 통화했다.

"아무래도 빈집에 망자를 혼자 둘 수 없을 것 같습니다."

하영 아빠와 이야기를 나눈 구급 대원이 고개를 끄덕이고 흰 천을 꺼내더니 할머니 몸을 덮었다. 흰 천이 할머니 얼굴을 덮는 순간 라온이 가슴이 쿵 내려앉았다.

"컹컹!"

들것에 실린 할머니가 구급차로 옮겨졌다. 라온이가 할머니를 향해 맹렬히 짖기 시작했다. 놀란 동네 사람들은 그 누구도 라온이에게 신경 쓰지 않았다. 라온이는 자신이 끼어들 틈이 없다는 것이 슬펐다. 라온이는 구급차에 실리는 할머니를 따라갔다. 거기까지였다. 구급차에 오르려는 라온이를 구급 대원이 막았다. 라온이는 그렇게 할머니를 떠나보냈다. 마당가에 모였던 사람들도 흩어지고 있었다.

"할머니……."

라온이는 할머니가 사라진 대문가를 서성였다. 어둠이 더욱 짙어졌다. 이제 모든 것이 소용없다는 것을 알았지만 뭐라도 하지 않고는 견딜 수가 없었다.

"컹컹!"

라온이는 목을 길게 빼고 울었다. 울음이 배를 타고 올라와 목울대를 울렸다. 그때 수돗가가 눈에 들어왔다. 그러자 허기와 갈증이 배 속을 훑고 지나갔다. 다행히 고무통에는 물이 가득했다. 라온이는 아득해지는 마음을 달래며 물을 마셨다.

"할머니보다 내가 먼저인 줄 알았는데……."

할머니와 함께 산 시간은 라온이를 할머니로 만들기에 충분한 시간이었다. 라온이는 자신의 시간이 다가오는 것을 느꼈기에 할머니가 먼저 죽을 거라고 생각도 못 했다.

"이제 어쩌지……."

라온이는 얼마 남지 않는 자신의 시간을 누군가에게 또 의지해야 했다. 슬펐다. 라온이가 앞발에 머리를 얹었다. 배에서는 꼬르륵 소리가 났다.

"이런!"

라온이는 살아 있는 자신이 원망스러웠다. 갈증은 가셨지만 허기가 심해지고 배가 고팠다. 하지만 밥그릇은 깨끗했다. 할머니는 성격이 깔끔해 그릇이 넘치도록 사료를 주지 않았다. 라온이는 평상 아래로 들어갔다.

"라온아!"

조용한 대문이 철컹 소리를 내며 열렸다.

"라온아, 어딨어? 하영 언니야."

하영이가 목청껏 라온이를 찾았다. 안심 할매와 함께였다. 둘은 어디를 가든 쌍으로 움직였다. 학교도 쌍으로 다녔고, 요즘은 산책도 함께 다녔다.

"할머니, 라온이 방에 없는데요?"

라온이는 울컥했다. 하영이 목소리에서 걱정이 느껴졌기 때문이다. 라온이는 한동안 움직이지 않았다. 벌떡 일어나 하영이에게 안기고 싶은 마음과 이대로 모른 척하고 싶은 마음이 같이 들었다. 일어나 나가면 하영이에게 신세를 질 게 뻔하고, 이렇게 있자니 자신에게 남은 시간이 두려웠다. 그럼에도 선뜻 나서는 것이 쉽지 않았다.

"할머니, 라온이 집 나간 거 아니겠지?"

"걱정 마. 집 안에 있을 거야."

안심 할매와 하영이가 집 안을 둘러보기 시작했다. 그러다 안심 할매가 평상 밑을 들여다봤다. 할머니는 라온이를 발견하지 못하고 그냥 지나쳐 버렸다. 어둠 속에 있는 라온을 발견하기란 쉽지 않을 터였다.

"거기도 없어?"

"응."

"진짜?"

라온이 코앞으로 운동화가 다가왔다. 라온이는 하영이 운동화를 핥으려다 몸을 사렸다. 그 순간 하영이가 쭈그려 앉나 싶더니 평상 아래로 머리가 쑥 들어왔다. 눈이 마주쳤다 싶은 순간이었다. 한참을 그대로 있던 하영이가 손을 내밀었다. 라온이는 더는 참을 수가 없었다. 하영이 손을 핥았다. 하영이 손은 따뜻하고 부드러웠다.

"할머니, 라온이 여기 있어."

"잉?"

"어두워서 잘 안 보였나 봐."

할머니가 잰걸음으로 다가와 라온이를 불러냈다. 라온이는 못 이기는 척 밖으로 나왔다.

"우리 집으로 가자."

할머니가 앞장섰다. 벌써 대문 쪽으로 향하고 있었다.

"킹킹."

"얘가 왜 이래."

"가고 싶지 않은가 봐."

대문가에 딱 버티고 선 라온이를 향해 하영이가 앉더니 라온이를 달래기 시작했다.

"이제 너 혼자야. 더 이상 여기 있으면 안 돼. 언니랑 같이 가자. 우리 집 알잖아. 먹을 것도 많고 네가 좋아하는 토마토도 엄청 있어. 알지?"

"킹킹."

알고 있다. 하지만 라온이는 집을 떠나고 싶지는 않았다. 아직

은 아니었다. 라온이는 다시 마루 밑으로 들어갔다. 하영이 운동
화가 코앞에서 잔걸음질 쳤다. 안타까워하는 하영이 마음이 느
껴졌다.

"할머니, 어쩌지?"

"뭘, 어째. 데리고 가야지."

끙 소리를 내며 할머니가 무릎을 꿇었다. 할머니 손이 불쑥 들
어와 라온이를 붙잡았다. 라온이는 할머니의 손을 벗어나려 안
간힘을 썼다. 할머니 손에는 힘이 더 들어갔다. 곧 자신이 밖으로
끌려나갈 것만 같았다. 그래서 할머니 손을 살짝 깨물었다.

"앗!"

라온이도 그러고 싶지 않았지만 어쩔 수 없었다.

"안 되겠네."

할머니가 포기했다. 대신 라온이 앞에 밥이 놓였다. 하루 동안
굶은 빈 속에 사료가 들어가면 안 될 거라는 할머니의 배려였다.
라온이는 밥그릇을 한참이나 쳐다보다 먹기 시작했다. 배가 부르
자 살 것 같았다.

"내일 다시 올게."

하영이가 마루 아래로 고개를 디밀고 말했다. 라온이가 꼬리를
흔들었다. 하영이가 볼 수 없으리란 걸 알았지만 고마움을 표현
하고 싶었다. 삐걱, 대문이 닫히고 하영이가 돌아갔다. 라온이는
다시 혼자가 됐다. 시간이 더디게 갔다. 눈앞으로 묽은 기운이 퍼
지고 있었다. 묽은 기운은 밝은 내일을 향한 시간의 뒤챔이라 할

수 있었다. 몸부림 같은 긴 어둠이 흐르고 아침이 밝아 오고 있었다.

환한 아침에 안심 할매가 다시 찾아왔다. 이번에는 혼자였다. 할머니는 라온이를 보며 말했다.

"라온아, 너도 정동 할매 마지막 가는 건 봐야지."

할머니가 손을 내밀었다. 라온이가 할머니에게 가서 안겼다.

"세상에, 내 말을 알아들었구먼."

할머니가 끌끌 혀를 찼다. 기특해서 나오는 혓소리였다.

"가자."

할머니는 라온이를 안고 마을 회관으로 향했다. 그곳이 정동 할매의 장례식장이었다. 꽃상여를 탄 할머니는 사진 속에서 활짝 웃고 있었다. 영정 사진 속 할머니는 젊었다. 언젠가 마을에 온 사진사에게 찍은 사진이었다. 그때 마을 어른들 모두 공짜 영정 사진을 찍었다. 마을 회관은 적당히 떠들썩했다. 침통하지도 음울하지도 않았다. 모두들 할머니가 잠잔 듯 가신 게 다행이라고, 복을 타고 난 양반이라고 했다.

"엄마, 잘 가요."

큰딸 순이를 순서로 가족들이 차례로 할머니에게 작별 인사를 시작했다. 그 뒤를 줄지어 선 동네 사람들이 따르고 있었다. 줄 끝에 칸 아저씨와 그의 고향 사람 둘이 보였다. 사람들은 준비한 돈을 할머니 영정 앞에 놓았다. 저승길을 책임질 노잣돈이라고 했다.

라온이 차례가 왔다.

"할머니, 편한 곳에서 쉬어요……."

라온이는 슬픔보다 편안함을 느꼈다. 어제 라온이가 할머니의 발치에 한참 있었을 때, 눈을 감은 할머니의 얼굴 표정이 편안해 보였기 때문이다.

"이제, 그만 갑시다."

하영 아빠의 말에 사람들이 꽃상여 쪽으로 움직이기 시작했다. 꽃상여는 동네의 젊은 사람인 하영 아빠와 승민 아빠, 칸 아저씨와 동네의 외국 노동자들이 멨다. 할머니의 꽃상여는 동네를 한 바퀴 돈 뒤 장지를 향해 떠났다. 라온이는 꽃상여가 안 보일 때까지 바라보았다.

"우리도 그만 가 볼까나."

라온이를 안은 안심 할매가 라온이네 집으로 향했다.

"우아, 다행이다. 며칠 걸릴 줄 알았는데."

큰길에서 라온이를 발견한 하영이가 달려왔다. 하영이는 학교에서 돌아오는지 가방을 메고 있었다. 하영이가 손을 내밀자, 라온이는 하영이의 손을 핥았다.

"우리 집으로 가는 거 아녔어요?"

"정동 할매네 큰딸, 순이가 여기 있을 거란다."

"귀농을 한다고요?"

"그래."

라온이는 다행이다 싶었다. 순이라면 괜찮겠다는 생각이 들었다. 다른 집에 가서 신세를 지고 싶지 않았다.

"식구들 오기 전에 환기라도 시켜 두는 게 좋겠다."

라온이는 할머니의 품을 벗어나 방문 앞에 섰다.

"그래, 알았다."

할머니가 방문을 열었다. 방 안은 정동 할매가 누워 있던 그대로였다. 할머니 냄새가 배인 이불이 눈물 나게 반가웠다. 라온이는 할머니가 누웠던 자리를 찾아 파고들었다. 정동 할매가 떠오른 순간 라온이는 벌써 할머니가 너무나 그리웠다.

"라온아, 이 할미가 청소 좀 할게."

안심 할매가 라온이 허락을 구했다. 곧 정동 할매의 이불이 개켜졌다. 라온이는 슬쩍 자리를 피했을 뿐 이불을 떠나지는 않았다. 한쪽에 개진 이불을 따라 그곳으로 자리를 옮겼다. 곧 청소기가 부앙 소리를 내며 온 집 안을 쓸기 시작했다. 그 뒤를 밀걸레가 따랐다. 할머니와 하영이는 어느 때보다 열심이었다.

"아이고, 제가 할 건데요."

장지에서 돌아온 순이가 집으로 들어오며 말했다. 얼마나 울었는지 눈이 퉁퉁 부어 있었다.

"누가 하면 어때. 성님은 잘 모셨지?"

순이가 고개를 끄덕였다.

"진작에 내려왔으면 엄마 혼자 쓸쓸하게 돌아가시지 않았을 텐데……."

순이가 정동 할매의 이불을 쓸어안고 울기 시작했다. 라온이도 눈물이 났다. 라온이가 끙끙대자 순이가 라온이를 껴안았다.

"라온아, 우리 엄마 곁에 있어 줘서 고마워. 정말 고마워. 이제 나랑 살자."

라온이는 안도했다. 같이 살자는 순이의 말이 헛헛한 라온이의 마음을 채웠다.

"서로 친구처럼 지내면 되겠어."

안심 할매가 눈물을 훔치고 순이의 등을 토닥였다. 하영이와 안심 할매는 라온이를 쓰다듬은 후 집으로 돌아갔다. 순이가 있어 안심하는 눈치였다.

"라온아, 우리도 그만 쉴까?"

대문을 닫고 들어온 순이가 그대로 방바닥에 쓰러졌다. 라온이는 심장이 쿵 내려앉았다. 라온이는 또다시 사람을 잃을까 두려웠다. 그래서 혀로 순이의 얼굴을 핥았다. 순이가 그 마음을 알았는지 품 안으로 라온이를 끌어당겼다. 라온이는 기다렸다는 듯이 순이의 팔에 자신의 얼굴을 묻었다. 순이는 라온이를 안은 채 그대로 잠이 들었다. 규칙적인 숨소리에 라온이가 슬그머니 순이의 팔을 빠져나왔다. 그러곤 정동 할매가 쓰던 이불을 끌어와 순이의 발치에 뒀다. 라온이는 그 곁에 둥글게 몸을 말았다.

"다행이다."

라온이가 중얼거리며 눈을 감았다. 며칠째 뜬눈으로 보낸 시간이 금세 잠을 몰고 왔다. 라온이는 망설임 없이 잠 속으로 빠져들기 시작했다.

눈치 게임

─────

"승민이, 일 차암 잘해."

칸 아저씨가 엄지를 세웠다. 어느새 아저씨는 승민이 뒤를 바싹 따라붙고 있었다. 벌써 석 줄째였다. 승민이가 토마토 한 이랑을 딸 때 아저씨는 두 이랑 반을 해치웠다. 승민이는 토마토를 딸 때마다 아저씨와 보이지 않는 눈치 게임을 하곤 했다. 그건 아저씨도 마찬 가지였다. 아저씨는 석 줄을, 승민이는 어떻게든 한 줄 반으로 늘리 려고 애썼다. 하지만 승민이의 실력은 좀처럼 늘지 않았다.

"칸 아저씨가 최고죠."

승민이도 아저씨를 향해 엄지를 치켜세웠다.

"둘 다 천천히 해. 많이 딴다고 일당을 더 주는 것도 아닌데."

하영 아빠가 수확한 토마토를 나르다 말고 껴들었다. 하영 아 빠는 요즘 밤낮을 가리지 않고 계속되는 출하에 지쳐 보였다.

"하영 아빠, 그러면 앙 돼요."

"뭐가요?"

"하영 아빠는 그게 문제야. 뭐든 조아, 조아."

"그렇지 않아요. 나, 알고 보면 완전 살벌한 고용주예요. 조심 하세요. 어흥!"

하영 아빠가 호랑이 소리를 내며 얼굴을 일그러뜨렸다.

"설마, 고양이?"

승민의 장난에 하영 아빠가 인상을 팍 쓰면서 장난 발길질을 했다.

"호랑이가 잡아먹기 전에 천천히 해요, 천천히."

하영 아빠가 토마토 바구니를 들고 두 사람 곁을 지나쳤다. 하영 아빠가 멀어지자 칸 아저씨가 주저하며 말을 꺼냈다.

"나…… 저번에, 또 전에도 하우스에 온 승민이 엄마 봤어."

"아, 네……."

"잘 해결됐지?"

"주말에 가끔 보기로 했어요."

"잘됐다."

칸 아저씨는 이가 다 보일 만큼 환하게 웃었다. 승민이는 그런 아저씨가 진심으로 고마웠다.

"몽골에서는 아직 소식 없어요?"

"응, 아직……."

아저씨가 고개를 저었다.

"승민이, 요즘 하영이랑 괜찮아?"

"하, 고백까지는 좋았는데요. 갈수록 뭔가 얽히는 것 같아요."

칸 아저씨는 승민과 하영 커플의 분위기를 눈치챈 듯했다. 승민이는 뒤통수를 긁다 말고 아차 싶었다. 하영이가 보기라도 하는 날엔 잔소리 폭격이 뻔했다.

'뒤통수 긁지 마라. 답답하다. 할 말은 참지 말고 해라.'

요즘 하영이와의 관계는 끝없는 잔소리의 악순환이라고 할 수 있었다. 하영이는 고백 이후로 자신이 승민이라도 된 것처럼 굴었다. 승민이 행동에 매번 간섭이었다. 그럴 때마다 승민은 '나는 나야'라고 말하고 싶었지만 그러지 못했다. 그랬다가는 몇 날 며칠 가자미눈을 하거나 삐쳐서 말 한마디 하지 않을 게 뻔했다. 승민이는 그것이 무엇보다 두려웠다.

승민이가 멀찍이서 토마토를 따고 있는 하영이를 돌아다봤다. 승민은 새어 나오는 웃음을 참지 못하고 킥, 웃었다.

"왜 그래?"

"하영이요. 덥지도 않나."

하영은 분홍 모자에 흰 목장갑, 썬크림까지 완전무장한 채 작업 중이었다. 문제는 땀이었다. 하영이의 얼굴로 흘러내린 땀과 썬크림이 섞여 마치 가부키 화장처럼 보였다. 달빛 아래 있는 몽실몽실 귀여운 강아지 같았다.

"하하하, 그러게. 누구한테 잘 보이려고."

칸 아저씨의 웃음소리가 시원했다.

"하영, 귀여워."

"그렇죠?"

"오빠! 칸 아저씨! 왜 나를 보며 웃어요?"

저 멀리 있던 하영이 레이저 눈빛을 쏘았다. 순간 승민이 심장이 쫄깃해졌다.

"아, 아저씨가 웃겨서……."

승민이가 둘러댔다. 어설프기 짝이 없었다.

"아닌데?"

눈치 백단 하영이는 가끔 승민이 속에 들어갔다 나온 것처럼 빠삭했다.

"뭔데, 왜 웃었는데?"

승민이는 어찌할 바 몰라 또 머리를 긁적거리고 싶었지만 손을 꼭 붙잡았다.

"마자, 하영. 내가 농담해써."

칸 아저씨가 발바르게 두둔했고, 승민이는 열심히 고개를 끄덕였다. 갑자기 하영이가 바구니를 들고 승민이 옆으로 왔다.

"나, 지금부터 여기서 일할 거야."

"오, 하영. 어서 와."

칸 아저씨가 유쾌하게 하영이를 반겼다. 승민이는 '저기는 다한 거야?'라고 묻지 못했다.

"걱정 마. 저쪽은 다 하고 왔으니까."

귀신같이 제 맘을 아는 하영을 보며 승민이 뜨끔해했다.

"더운데 바람 좀 쐬고 할까요?"

승민이가 하영의 눈치를 살피며 말했다.

"좋지."

아저씨가 흔쾌히 말했다.

"내가 물 가져올게."

하영이가 하우스 안쪽에 둔 아이스박스 쪽으로 달려갔다. 승민이는 토마토 서너 개를 챙겼다. 막 딴 토마토면 갈증은 쉽게 날릴 수 있었다.

"토마토 안 물려?"

물을 들고 온 하영이 물었다. 모두 하우스 밖으로 나와 파라솔 밑으로 향했다.

"응, 안 물려. 맛있어."

승민이가 도리질을 했다. 칸 아저씨는 하영이가 가져온 물을 들이키더니 말했다.

"신기해. 승민. 여기 온 지 벌써 오 년인데 토마토는 그냥 그래."

"벌써 오 년이에요?"

하영이 놀란 눈으로 칸 아저씨를 보았다.

승민이는 처음 아저씨를 만났던 날을 떠올렸다. 큰 덩치의 아저씨는 늘 웃는 얼굴이었지만 어딘지 좀 불안해 보였다. 어느덧 친해져 승민이는 아저씨의 불안한 마음이 무엇인지 이제는 안다. 해결되지 않은 그 일만 생각하면 아직도 마음이 아팠다.

아저씨는 하룻저녁에 전 재산인 야크 떼를 잃었다고 했다. 그때 처음으로 세상이 무서워졌다고 했다. 초원에는 보이지 않는 적이 많았다. 그중 가장 두려운 건 늑대의 습격과 인간의 약탈이었다. 늑대는 먹잇감이 떨어질 때가 가장 위험했지만 약탈꾼들은 시도 때도 없었다. 언제 어디서 나타날지 모르는 일이라 더 위험했다. 늑대의 습격은 재산 일부를 잃는 것이지만 인간의 약탈은 전부를 잃는 일이기도 했다. 그만큼 인간의 약탈은 치명적이었다.

어느 겨울, 앞을 보기 힘들 정도로 눈이 쏟아지던 날이었다. 약탈꾼들이 아저씨의 게르를 공격했다. 그들은 무장한 채 개조한 트럭을 몰고 나타났다. 총을 든 약탈꾼은 잠을 자고 있던 아저씨와 아저씨 친구를 발로 깨운 뒤 게르 구석으로 몰아넣었다. 그사이 밖에서는 다른 약탈꾼들이 야크 떼를 트럭에 싣고 있었다.

"안 돼!"

바깥의 일을 알아차린 아저씨가 소리를 질렀다. 곧이어 약탈꾼의 발차기가 날아왔고 아저씨는 그 자리에서 정신을 잃고 말았다. 아저씨가 정신을 차렸을 때는 텅 빈 게르에 핏자국과 어지러운 발자국뿐이었다. 순간 아저씨는 직감했다. 친구에게 무슨 일이 일어난 것을.

아저씨는 친구를 찾기 위해 밖으로 나갔다. 아저씨의 울부짖음이 눈 쌓인 초원에 퍼져 나갔다. 정신없이 눈길을 헤매던 아저씨는 숲속 깊은 곳에서 친구를 발견했다. 친구의 모습은 처참했다. 손이 결박된 채 트럭에 묶여 한참 끌려간 모양인지 얼굴 형체가 알아볼 수 없을 만큼 상해 있었다. 눈길에는 약탈꾼들의 발자국과 친구가 온몸으로 저항한 흔적이 남아 있었다. 아저씨는 그 자리에 주저앉고 말았다. 친구의 죽음을 수습하자마자 신고했지만 그들은 아직까지 잡히지 않고 있었다. 그게 벌써 7년 전 일이었다.

"시간 진짜 빠르네요. 초등학생 때 아저씨를 만났는데."

"긍게. 승민이 벌써 고등학생이라니. 초등학생 때 봤는데."

"그러게요. 여드름 난 얼굴이라니. 그때는 오빠도 볼이 보송보송 귀여웠을 텐데."

하영이 승민의 얼굴을 보며 대답했다.

"그래, 차암 귀여웠지."

"에이, 지금은요?"

"집을 한 번 나갔다 왔으니 이제는 어른이지."

칸 아저씨가 장난처럼 승민을 보았고, 승민은 또 뒷머리를 긁적였다.

"설마요. 가출이 성인식도 아니고!"

하영이의 대답에 아저씨가 또 껄껄 웃었다. 승민이는 아저씨의 어른 대접이 나쁘지 않았다.

"오빠, 체험학습 언제 가?"

물을 마시던 하영이가 눈을 반짝이며 물었다. 승민이는 자신도 모르게 바짝 긴장했다.

"다음 주 목요일에."

"옷은 샀어?"

승민이가 잠시 머뭇거렸다. 설마 자신의 옷까지 간섭하는 걸까 싶어 말을 아꼈다.

"샀냐고?"

하영이 다그쳤다.

"아니, 엄마랑 가기로 했어."

"거짓말! 언제부터 엄마랑 옷을 샀다고 그래? 항상 혼자 샀잖아?"

이쯤 되면 다 틀렸다. 어렸을 때부터 함께 커 온 게 이런 부작용을 불러올 줄은 몰랐다.

"하영, 같이 가게?"

옆에서 듣고 있던 칸 아저씨가 조심스럽게 끼어들었다.

"당연하죠. 이럴 때야말로 여자 친구의 도움이 필요하죠."

하영이가 발끈했다.

"노 노. 사랑 혼자 시간 필요해."

승민은 하영이 눈치를 살폈다. 또 눈치 게임이 시작되고 있었다.

'사랑이 이렇게 피곤한 건가.'

승민은 저도 모르게 피로가 몰려오는 것 같았다.

"뭐야, 오빠. 그 표정."

헐이었다. 하영이는 이제 승민이 마음까지 트집 잡으려 들었다. 이럴 줄 알았다면 하영의 고백을 그렇게 쉽게 받아 주지 않았을 거다.

"칫, 데이트 삼아 같이 가면 재밌지. 오빠는 나랑 함께하는 게 싫어? 맨날 추리닝 같은 옷만 사고."

하영이가 입이 댓발 나오며 삐치려고 했다. 승민이가 곧장 대답했다.

"그래, 같이 가자. 네가 골라 주면 더 좋지. 하잉도 데려갈까?"

승민은 자신이 포기하는 거 하잉도 챙기고 싶었다.

"우리 데이트라니까!"

하영이 승민을 보며 쏘았다. 승민은 마지못해 고개를 끄덕였다. 칸 아저씨가 고개를 절레절레 저으며 작게 한마디 했다.

"하영, 못 말려."

"에이, 어른들이나 좀 떨어지고 싶어하지 십 대들은 안 그래요."

하영은 당차게 대꾸하고 승민을 보며 함박웃음을 지었다.

'그래, 네가 좋으면 나도 좋아.'

승민은 포기하는 맘으로 속 대답을 했다. 이번 눈치 게임도 하영이 승이었다.

"하영! 일하라니까 누가 노닥거리래. 하영인 엄마 좀 도와."

하영 엄마의 말에 하영이 샐쭉거리며 엄마가 부르는 쪽으로 갔다. 칸 아저씨와 승민도 다시 하우스 안으로 가서 토마토 따기에 열중했다.

"아저씨 흐미 듣고 싶어요."

하우스 안에 칸 아저씨와 둘이 있게 되자 승민은 아저씨에게 노래를 요청했다. 아저씨는 몽골의 전통 노래인 흐미를 잘 불렀다. 언젠가 한 번 별이 쏟아지는 밤에 아저씨의 흐미를 들은 승민은 감정이 벅차올랐다. 허밍으로 이루어진 흐미는 목이 아니라 가슴에서 나온 듯했다. 친엄마와 처음 연락을 나눴을 때 승민은 가슴이 젖고 눈물이 났다. 그 뒤 별이 총총한 날이면 야크 떼와 함께 광활한 초원을 누비는 칸 아저씨를 상상하곤 했다.

한참 흐미를 부르던 아저씨가 핸드폰을 받았다.

"뭐라고?"

아저씨의 단말마 같은 외침 속에 반가움과 걱정이 어렸다. 덩달아 승민의 귀도 쫑긋해졌다. 아저씨의 표정이 시시각각으로 변하더니 통화를 끝내고 땅바닥에 털썩 주저앉았다.

"잡았대, 그놈들을 잡았대!"

아저씨가 갑자기 눈물을 터트리며 아이처럼 울기 시작했다. 덩치 크고 배 나온 어른이 아이처럼 엉엉, 우는 모습에 어떻게 대해야 할지 몰라서 승민은 바라보기만 했다.

"칸! 왜 무슨 일이야?"

칸 아저씨의 울음소리에 하우스에서 일하던 어른들이 달려왔다.

"칸! 뚝, 왜 그래. 뭘 도와줄까?"

하영 아빠가 엉엉 우는 칸 아저씨 앞에 앉아 물었다. 칸 아저씨는 대답도 않고 계속 울었다. 승민이 대답했다.

"칸 아저씨의 친구를 죽인 사냥꾼이 잡혔대요."

"야크 떼 훔친 놈들?"

하영 아빠의 물음에 승민이 고개를 끄덕였다.

"이야, 칸! 잘됐다. 잘됐어!"

하영 아빠는 자기 일인 양 칸 아저씨를 안아 줬다. 하영 아빠의 위로에 진정이 된 칸 아저씨가 말했다.

"이제, 내 친구도 편하게 눈 감겠어요."

하영 아빠는 고개를 끄덕이며 칸 아저씨를 다독였다. 야크 사냥꾼, 아니 도둑들은 몽골 국경 지역에서 잡혔단다. 그들은 또 다른 야크를 암거래 중이었고, 그동안 훔친 야크를 판 돈은 얼마간 가지고 있었던 모양이었다. 재판에 따라 많은 돈은 아니지만 칸 아저씨에게도 일부가 돌아올 거라고 했다.

"아저씨, 그럼 이제 고생 끝, 몽골 가는 거예요?"

하영이 반기며 물었다. 다행이라는 사람들 사이에서 순이 아줌마만 얼굴이 어두웠다.

정동 할매가 돌아가시고 라온이와 사는 순이 아줌마는 정동 할매를 잘 보살펴 준 보답으로 동네 일이라면 두 팔 걷어붙이고 나섰다. 그리고 언제부턴가 칸 아저씨와 썸 타는 사이가 됐다. 아저씨 말로는 정동 할매를 장지로 모실 때부터였던 것 같다고 했다. 그 일로 아줌마는 두고두고 칸 아저씨에게 고마워했다.

"당장은 아니고……."

"아저씨, 체류 기간 얼마 안 남았다면서요. 다시 발급 받을 필요 없지 않아요?"

"어휴! 딸, 어른들 일에 끼어들지 좀 마라."

하영 아빠가 하영을 나무랐다.

"엄마 아빠는 맨날 나만 뭐래."

하영이 샐쭉해져 돌아갔다.

"저 때문에……. 괜찮으니 얼른 일하세요."

칸 아저씨가 자리를 털고 일어나 기분 좋게 토마토 일을 시작했다. 사람들도 흩어져 각자 일을 시작했다.

일요일 아침, 승민이 토마토 하우스 알바를 끝낼 시간이었다. 옆에서 지지배배거렸을 하영이 보이지 않았다.

"오빠, 지금 출발하면 안 돼?"

그새 집에라도 다녀왔는지 옷을 갈아입은 하영이 나타났다.

"이렇게 하고?"

승민이 자신의 옷매무새를 살폈다.

"평소랑 뭐 다를 게 있어? 추리닝은 탁탁 털고 손만 씻음 돼."

승민이 또 머리를 긁적이려고 하자 하영이 쏘아보았다.

"아직 십 분 남았어. 좀 더 기다려 줘."

"아이, 답답해. 십 분 일찍 나가도 괜찮아."

"안 돼. 시간은 지켜야지."

승민이 시계를 보며 다시 토마토를 따려고 했다.

"승민이 너 지금 내 딸한테 바람 놓는 거냐?"

언제 나타났는지 하영 아빠가 승민을 쏘아보았다. 부녀의 레이저 눈빛에 승민은 어찌할 바를 몰랐다.

"눈치가 없냐. 승민. 얼른 가."

칸 아저씨가 승민의 바구니를 뺏으며 말했다. 그제야 하영이와 하영 아빠의 얼굴에 레이저 눈빛이 사라졌다.

"그래. 가자."

승민이 장갑을 벗고 하우스 밖으로 향했다.

"봉하영! 넌 농땡이 피울 생각 말고 긴장해라! 너보다 더 유능한 알바생, 하잉이 올 것 같으니."

하영 아빠가 멀어지는 하영을 보고 한마디 했다. 하영은 혀만 쏙 내밀고는 승민의 자전거 뒤에 앉아 버스 정류장으로 향했다. 하영 아빠는 그런 둘을 귀엽게 바라보았다.

승민과 하영이는 동네에 들어오는 버스를 탔다. 둘은 맨 뒷자리로 가서 창문을 열었다. 상쾌한 바람이 불어왔다. 바람에 날리는 하영이 머리칼이 승민의 코끝을 간질였다. 향긋한 샴푸 향이 승민의 마음을 두근거리게 했다. 괜히 몸이 찌릿한 승민은 하영의 머리칼을 정리해 주었다. 다정하게 손을 잡고 하영의 수다를 들어주는 사이 버스가 읍내에 도착했다.

맙소사! 어디서부터 잘못된 것일까? 승민이는 도깨비에 홀린 것만 같았다. 오늘의 쇼핑은 최악이었다. 버스에서 내린 하영은 뒤도 돌아보지 않고 집으로 들어가 버렸다. 승민이 쭈뼛거리며 그 뒤를 따랐다. 그런데 하영이네 집이 떠들썩했다.

고소한 삼겹살 냄새와 흥겨운 들썩거림이 담장을 넘어왔다. 승민은 마당에 들어선 순간 오늘 모임의 취지를 알아챘다. 마음 고생한 칸 아저씨를 축하하는 자리였다. 대충 분위기를 보니 안심 할매가 자리 마련을 했고, 교장 선생님이 먹거리를 준비한 것 같았다. 승민도 어른들 사이에 끼어 칸 아저씨를 축하해 주고 싶었다. 하지만 지금은 하영이 눈치를 살펴야 했다. 하영은 무엇에 화가 났는지 자신의 방으로 가며 기어이 한마디 했다.

"다시는 오빠랑 쇼핑 안 할 거야!"

쇼핑 내내 하영의 마음을 알 수가 없었다. 심지어 하영의 기분을 맞춰 주려고 제 의견은 꺼내지도 않았건만, 아니 꺼내지조차 못했건만 왜 화가 났는지 승민은 오리무중이었다.

'나야말로!'

승민이는 하영이의 뒤통수에 대고 외치고 싶었다. 다시는 하영이와 쇼핑 따위 하지 않을 것이다. 승민과 하영은 어느 것 하나 맞는 것이 없었다. 패션 감각, 취향, 사소한 색감까지 다 안 맞았다. 더구나 승민은 하영의 기분을 생각해 말 대신 고개로 의견을 제시했다. 말하면 하영이가 말꼬리를 잡을 테니까.

싫다는 고개 저음, 좋다는 고개 끄덕임.

고개 끄덕임보다 고개 저음이 많은 관계로 하영이는 삐친 것 같았다. 오빠 취향은 저급하다나 뭐라나. 기분이 상했다. 그래서 쇼핑은 제대로 하지도 못하고 집으로 돌아오고 말았다. 쇼핑을 하고 난 뒤에 사 주고 싶었던 마라탕은 구경도 못 했다.

"잘 좀 하지."

언제 왔는지 호아센이 하영의 방을 향해 눈짓했다. 하영은 방에 불도 켜지 않았다.

"어떻게, 더요!"

기분이 상한 승민이 집으로 돌아가려고 했다.

"아이구, 우리 아들 밥은 먹고 가야지. 칸 아저씨도 축하해 주고."

호아센이 승민을 붙잡고 마당가 식탁으로 이끌었다. 하잉도 빨리 오라고 손짓했다.

승민이 식탁으로 가자 하잉이 미리 싸 둔 고기 쌈을 승민에게 내밀었다. 승민은 엄마와 하잉의 마음이 고마워 고기 쌈을 크게 입에 넣었다. 그러곤 하영에게 억울한 심정을 삼겹살을 우적우적 씹어 삼키는 것으로 달랬다.

"승민, 데이트 망쳤어?"

칸 아저씨가 작게 물었다. 승민이 삼겹살을 미어터지게 먹으며 고개를 끄덕였다.

"힘드러. 사랑도 인생도, 눈치 좋아야 해."

칸 아저씨의 말에 승민이 더 크게 고개를 끄덕였다. 승민에게 사랑은 아리송하고 의문투성이었다. 이거다 싶으면 저거고, 저거다 싶으면 이거니 도무지 답을 알 수 없어 쩔쩔맬 수밖에.

"저기, 오빠……."

언제 왔는지 하영이가 홀연히 승민이 옆에 나타났다. 제법 동네에 익숙해지고 하영과도 친해진 하잉이 데리고 온 것 같았다. 귀여운 하잉은 하영에게도 고기 쌈을 내밀었다.

"고마워."

하잉이 싸 준 고기를 먹으며 하영이 승민에게 한결 누그러진 목소리로 물었다.

"오빠, 오늘 내가 좀 심했던 거 같아. 오빠 화요일에 학원 수업 없지? 화요일에 얼른 옷만 사고 올까?"

승민은 다 씹지 못한 삼겹살을 꿀꺽, 삼켰다. 그 바람에 기침이 터져 나왔다.

"오빠, 괜찮아? 콜라, 콜라 좀 마셔."

하영이가 콜라를 내밀며 승민의 등을 두드려 주었다.

이건 아닌데 싶은 승민의 머릿속과 달리 엉뚱한 말이 튀어나왔다.

"그러면 고맙지."

승민은 소화시키는 척 하늘을 봤다.

'연애, 정말 어려워서 못 하겠어요.'

하늘의 별을 보며 하소연하기엔 마당이 너무 휜했다.

"화요일엔 오빠 맘에 드는 걸로 사. 나는 가만히 있을게."

승민이 고개를 끄덕였다. 승민의 끄덕임과 동시에 하영이 승민이에게 눈길을 거두고 하잉 옆에 자리를 잡고 앉았다.

"배고파 죽는 줄 알았네. 하잉, 얼른 먹자."

하영은 삼겹살, 고추, 파무침, 마늘까지 듬뿍 올려 입안 가득 쌈을 넣었다.

"이제부터 래연 씨랑 공개 연애 할랍니다."

마당 한곳에서 교장 선생님의 목소리가 들렸다. 교장 선생님 옆자리에 안심 할매가 수줍은 듯 웃고 있었다.

"다 늙어서 아파 보니 사랑이 최곱디다. 죽기 전에 원 없이 사랑하기로 결심했어요."

교장 선생님이 안심 할매의 손을 잡고 말했다.

"와~ 교장 선생님 멋지십니다. 우리 어머니 많이 웃게 해 주세요."

하영 아빠가 두 사람을 반기며 박수 쳤다. 동네 사람들도 함께 축하하며 두런두런 이야기를 나누었다. 칸 아저씨는 순이 아줌마와 이야기를 나누고, 하잉은 아빠 엄마와 두런거리고, 하영은 자신이 교장 선생님과 할머니의 오작교라고 헤헤거렸다. 배가 부르고 마음도 풀리니 승민은 피곤해졌다. 그만 집으로 돌아가 쉬고 싶었다.

"하영아, 내일 학교 잘 가고 화요일에 보자."

승민은 자기 가족에게 먼저 인사하고 하영에게도 인사를 건넸다. 하영도 손을 크게 흔들며 화답했다.

"나도 내일 일찍 하우스에 가야 하니 먼저 갑니다. 승민 같이 가."

칸 아저씨가 대문을 나서는 승민을 불렀다.

"삼겹살 많이 드셨어요?"

"응, 간만에 포식했다. 삼겨쌀은 참 맛있어. 술도 마셨더니 피곤하다. 한국 사람들 참 잘 노라."

칸 아저씨가 힘들었는지 한숨을 쉬며 말했다.

"우리 아빠만 봐도요. 그런데 몽골은 언제 가요? 아예 가는 건……."

승민은 뒷말을 잇지 못했다.

"재판이 3개월 후라니까 그때 가 보고……."

승민이와 칸 아저씨는 서로 하고 싶은 말이 많았다. 그러나 쉬이 나오지 않는 말들이었다. 뭐든 넘칠 때는, 그게 마음이든 혹은 다른 무엇이라도 잠시 기다리는 게 좋았다.

카톡. 말 없는 칸 아저씨와 승민의 침묵 사이로 핸드폰 메시지 음이 들려왔다. 칸 아저씨는 승민의 어깨를 두드려 준 후 집으로 향했다. 승민은 핸드폰 메시지를 확인했다.

오빠, 미안해. 화요일에 같이 못 갈 것 같아. 할머니랑 약속이 있었는데 깜빡했어. 정말 미안해.

그래. 아쉽지만 혼자 다녀올게.

승민은 답장을 하고 안도의 한숨을 쉬었다.

"살았다."

승민은 홀가분한 마음에 전봇대를 와락 안아 버렸다. 노란 가로등 빛이 따뜻한 빛을 뿌리고 있었다. 둥그런 빛 밖으로 밀려난 어둠이 전봇대 주변으로 고요히 가라앉는 중이었다.

오늘 그리고 내일

"날씨 좋죠?"

자동차 핸들을 잡은 교장 선생님이 고개를 돌렸다.

차창 밖으로 깊어진 가을볕이 내리고 있었다. 추수를 끝낸 들판에 곤포 사일리지가 여럿 보였다. 거대한 마시멜로처럼 보이는 저것은 볏짚을 돌돌 말아 발효시킨 뒤 소나 양 같은 초식 동물의 사료로 쓰였다. 들판에 곤포 사일리지가 쌓이면 가을이 깊어졌다는 뜻이고 겨울 초입이라는 의미다.

"더 추워지기 전에 많이 돌아다닙시다."

교장 선생님이 안심 할매에게 눈길을 보냈다. 안심 할매는 그러자며 고개를 끄덕였다.

그새 차는 군과 군을 잇는 도로로 들어서는 중이었다. 낙엽을 떨구기 시작한 메타세쿼이아가 길게 늘어서서 길을 안내했다. 안심 할매는 낙엽을 떨구는 나무를 보았다. 언제부턴가 옷을 벗어 버린 나무들이 좋아지기 시작했다. 거리낌 없이 옷을 벗어 버리는, 온 마음을 다해 여름 한철을 뜨겁게 살아 내는 나무들이 대견했다.

안심 할매는 겨울을 이겨 내는 봄이 좋았고, 열정적으로 생명을 키우는 여름도 좋았고, 열매를 거두어들이는 가을도 좋았다. 나이가 들면서는 옷을 다 벗고도 부끄럽지 않은 겨울 산이 좋고, 자신을 비워 낸 홀가분한 겨울 들판도 좋았다.

야매 시인인 안심 할매는 수첩을 꺼내 뭔가를 끼적거리며 창밖의 풍경을 하나하나 시에 담았다. 교장 선생님은 안심 할매를 방해하고 싶지 않아서 조용히 차를 몰았다.

"자, 내릴까요?"

교장 선생님이 차를 세웠다. 조금 떨어진 곳에 레일 바이크 매표소가 보였다. 안심 할매는 교장 선생님보다 앞서 걷기 시작했다. 데이트 때마다 교장 선생님이 돈을 더 쓰는 게 마음에 걸렸다. 말리는 교장 선생님을 뒤로 하고 안심 할매가 표를 샀다.

"안전벨트 해요."

교장 선생님이 안심 할매에게 안전벨트를 채워 주었다.

"일로 다져진 내 무릎이 동일 씨 무릎보다 튼튼한 것 같으니 페달은 내가 더 밟을게요. 동일 씨는 천천히 밟아요."

이제는 연인이 된 안심 할매가 교장 선생님에게 말하고, 힘껏 페달을 밟기 시작했다. 뒤에 오는 젊은 커플에게 피해를 주고 싶지 않아서였다. 뒤를 돌아본 교장 선생님도 힘내서 페달을 밟았다. 젊은이들 눈치를 보는 교장 선생님과 안심 할매는 서로를 보며 푸하하 웃었다.

"나이 먹는 게 그렇죠."

뒤의 젊은이들은 앞의 노인들을 배려하는 건지, 둘의 시간을 천천히 보내고 싶은 건지 생각보다 따라붙지 않았다.

"천천히 가요."

뒤를 돌아보던 교장 선생님이 말했다. 안심 할매도 뒤를 돌아보았다. 젊은 커플은 유유자적, 서로 꽁냥거리며 둘만의 시간을 즐기고 있었다.

"우리도 다른 사람 눈치 보지 마요. 래연 씨."

"그래요. 사라질 뻔한 내 이름이 불리다니 참 신기하네요."

결혼 후부터 최안심, 엄마, 할머니로 불리던 안심 할매는 래연이라는 어릴 적의 제 이름이 불리니 낯설면서도 참 좋았다.

옛날에는 이름을 정성 없이 짓는 일이 허다했다. 여자아이인 경우에는 더 그랬다. 요즘으로 치자면 주민 센터의 직원들이 자기가 아는 한자를 쓰는 바람에 이름이 바뀌고 뒤늦게 그 사실을 알게 되는 경우도 종종 있었다.

안심 할매도 그랬다. 첫 손녀인 안심 할매가 태어나자 할아버지는 심사숙고해 '최래연'이라는 이름을 지어 줬다. 하지만 호적에는 최안심으로 올라갔고, 래연은 그 사실을 결혼 후에야 알았다. 그후로는 쭉 최안심으로 살았다.

"앞으로는 사라지지 않을 거예요. 죽을 때까지 최래연이라는 이름을 부를 게요."

교장 선생님은 쑥스러운 말도 잘 표현했다. 안심 할매는 그런 동일이 멋있어 보였다.

레일 바이크는 어느새 도착 지점에 다다랐다. 기차는 곧 하트 모양 토피어리 앞에 멈춰 섰다. 하트 모양을 한 토피어리에서 색색의 국화가 늦가을 향기를 내뿜고 있었다.

"뭐 좀 마실까요?"

교장 선생님이 앞장서 카페로 향했다. 단연코 이번만은 자신이 돈 쓸 기회를 놓치지 않겠다는 의지가 엿보였다. 안심 할매는 느긋하게 그 뒤를 따라갔다. 카페에 들어선 동일이 한 젊은이를 발견하고 반갑게 인사했다.

"아이고, 강 선생 여기서 만나는군요. 이 분은 제 여자 친구입니다."

교장 선생님은 젊은 남자에게 안심 할매를 소개했다.

"두 분 참 보기 좋습니다. 교장 선생님이 맨날 여사님 자랑입니다."

젊은 남자가 고개를 숙여 인사했다.

"에이, 이 사람아. 내가 언제?"

교장 선생님이 헤벌쭉 웃었다.

"커피는 제가 쏘겠습니다."

젊은 남자는 교장 선생님과 안심 할매의 찻값을 치르고, 주문

한 커피 두 잔을 들고 밖으로 나갔다.

"강 선생은 소가마을 초등학교 선생님인데 곧 결혼할 거예요."

안심 할매는 한 여인에게 다가가 커피를 건네는 젊은 남자를 바라보았다.

"참, 보기 좋네요."

"우리도 저들 못지 않을걸요."

교장 선생님이 진담인 듯 농담했다. 아무렴 어떠랴. 동일은 앞으로 남들 의식하지 않고 자기 좋은 쪽으로 살기로 했다. 안심 할매인 래연도 이제는 누구의 엄마보다 그냥 최래연으로 사는 삶에 집중하고 싶었다. 안심 할매와 교장 선생님은 창가에 앉아 느긋하게 커피를 마시며 이야기를 나눴다.

"우리 커플링 만들어야죠?"

교장 선생님이 버킷리스트를 꺼냈다. 얼마 전 안심 할매와 교장 선생님은 죽기 전에 하고 싶은 것들의 목록을 만들었다.

"천천히 해요."

안심 할매가 한숨을 쉬며 이마에 손을 얹었다.

"어디 아파요?"

안심 할매가 아니라는데도 교장 선생님은 안심 할매의 안색을 살피고 이마를 짚었다.

"래연 씨, 미열이 있는 것 같아요."

교장 선생님이 다른 손으로 자신의 이마를 짚으며 말했다.

"아이고, 오버야, 오버."

안심 할매는 호들갑인 교장 선생님을 보며 웃었다.

"왜 웃어요? 난 심란하구만."

교장 선생님이 걱정하자 안심 할매는 됐다며 자리에서 일어났다. 교장 선생님이 안심 할매의 손을 잡으며 다시 자리에 앉혔다. 안심 할매는 화들짝 놀라 손을 빼며 주변을 살폈다. 다행히 둘에게 관심을 두는 사람은 없었다.

"래연 씨는 내가 창피해요?"

"네?"

"그게 아니면 왜 그렇게 나를 피해요."

안심 할매는 잠시 말문을 닫았다.

'아이고, 결혼 생활을 그렇게 오래 했는데도 여자 마음을 모르다니 바보다, 바보.'

안심 할매는 터져 나오려는 말을 참았다.

"대답을 못 하는 거 보니……. 내가 그리 좋지는 않은가 봐요."

점점 오해하는 교장 선생님을 보니, 안심 할매는 속이 터졌다.

"왜는 왜야! 사람 많은 곳인데 눈치도 안 보이나."

안심 할매는 일부러 고개를 숙였다. 일종의 고도의 전략이었다. 원활한 관계를 위해 가끔은 이런 연기도 필요한 법이니까.

"아! 래연 씨, 손 이리 줘 봐요."

안심 할매의 말에 교장 선생님은 되려 손을 잡았다. 안심 할매는 자신도 모르게 또 주변을 살폈다.

"봐요, 우리한테 관심 두는 사람은 아무도 없어요. 다들 자기

살기 바쁘다고요. 래연 씨가 마음먹은 대로 우리의 시간과 삶에 집중해 봅시다."

안심 할매는 고개를 끄덕이며 아무렇지 않은 척했다. 하지만 심장은 벌렁거렸고 눈앞이 아득했다. 갑자기 소녀가 된 것처럼 마음이 핫핫해졌다.

"래연 씨, 우리 절대 이 손 놓지 맙시다."

"밥은 어떻게 먹고?"

"하하하!"

안심 할매의 말대답이 귀엽다는 듯 교장 선생님이 호탕하게 웃었다. 그 웃음소리가 좋아서 안심 할매도 따라 웃었다.

요란한 뽕짝의 전화벨이 울렸다.

"우리 강아지네요."

안심 할매가 휴대폰에 뜬 하영의 번호를 보며 반갑게 전화를 받았다.

"할머니, 아빠가……."

하영의 목소리에 걱정이 가득했다.

"아범이 왜?"

안심 할매가 벌떡 일어섰다.

"동일 씨, 읍내, 읍내 종합병원으로 가."

안심 할매의 발이 후들거렸다. 교장 선생님은 안심 할매를 부축하며 재빨리 주차장으로 향했다. 하영 아빠가 트랙터를 움직이다가 사고를 당한 것 같았다. 안심 할매는 침착하려고 애썼다.

하지만 어쩔 수 없이 경운기 사고로 죽은 남편이 떠올라 신음이 나왔다.

"명희야!"

병원에 도착한 안심 할매는 하영 엄마를 보며 소리쳤다. 수술실 앞에 며느리가 우두커니 앉아 있었다. 이미 다 떨어진 가슴이라고 생각했는데 또다시 가슴이 덜컥 내려앉았다. 쓰러질 듯한 안심 할매를 보며 하영 엄마가 손을 잡았다.

"하영 아빠는 괜찮데요. 지금 급하게 수술하고 있어요……."

하영 엄마는 안심 할매를 안심시켰다. 하지만 떨고 있는 며느리를 보니 아들이 얼마나 어디를 다쳤냐고 물을 수가 없었다. 안심 할매는 고개를 끄덕이며 조용히 하영 엄마 옆에 앉았다.

시간이 좀 흐른 뒤 수술실 문이 열리고 담당 의사가 나왔다. 하영 엄마가 한달음에 의사 옆으로 갔다.

"봉합 수술은 잘됐고, 지금 병실로 올라가 일주일 정도 입원하면 될 것 같습니다. 그리고 두 달 정도는 꾸준히 재활 치료를 받아야 합니다."

의사가 담담한 목소리로 말했다.

"선생님, 생명에는 지장 없지요?"

안심 할매는 남편을 떠올리며 물었다. 의사가 웃으며 말했다.

"네, 어머님. 이런 일로 생명에 지장이 있으면 안 되지요."

의사의 말에 안심 할매는 그제야 안도의 숨을 쉬었다. 멀어지는 의사를 향해 안심 할매는 깊이 고개를 숙였다.

"봉민석 씨 보호자 분!"

남자 간호사가 링거가 달린 의료용 침대를 밀고 나왔다. 하영 엄마가 침대 머리맡으로 다가갔다.

"여보, 괜찮아?"

하영 엄마가 울먹였다.

"수선 좀 떨지 마."

민망한 듯 속삭이는 하영 아빠의 목소리가 들렸다.

"당신 벌써 깼어?"

마취로 수면 중일 줄 알았던 하영 엄마가 놀라 물었다. 안심 할 매는 본능적으로 아들을 살폈다. 다행히 머리 쪽에 붕대가 감긴 건 아니었다.

"아범아, 너 괜찮은 거야?"

"여기서 계속 이럴 겁니까?"

간호사가 짜증 섞인 목소리로 물었다. 안심 할매는 한 발짝 물러선 채 아들을 따라 병실로 올라갔다. 아들이 크게 다치지 않아서 정말 다행이다 싶었다. 병실에 도착해서야 안심 할매는 다친 연유를 물었다.

"하필 하영이 보는 데서……."

하영 아빠가 수단그라스(작물이 크는 데 도움이 되는 녹비 식물)를 갈아엎기 위해 트랙터에 올라선 순간 발을 헛디뎌 바닥으로 떨어졌다. 그러면서 옆에 있던 드럼통에 가슴을 세게 부딪쳤다. 그 모습을 본 하영이가 놀란 얼굴로 달려왔다.

'우리 하영이다.' 하는 순간 그대로 의식을 잃었다. 떨어져 엄지발가락이 골절되고 발등이 10센티미터 정도 찢어졌다. 피를 본 하영이가 울고불고 엄마를 찾았다. 하영 엄마가 다급하게 119에 신고했고, 놀란 하영이가 안심 할매에게 전화를 한 것이다. 다행히 아들은 구급차에서 의식을 되찾았고 부분 마취로 수술을 마쳤다.

"그래, 그거면 됐다."

안심 할매는 진심으로 고마웠다. 나이를 먹고 보니 죽고 사는 일 아니면 모두 괜찮다 싶었다.

"우리는 그만 갈까요?"

저만치 떨어져서 상황을 지켜보던 교장 선생님이 그제야 조심스레 말을 건넸다. 안심 할매가 고개를 끄덕였다.

"교장 선생님, 여러 가지로 감사합니다."

하영 엄마가 엘리베이터 앞까지 와 인사했다.

"가족끼리는 그런 인사하는 거 아닙니다."

교장 선생님이 어서 병실에 들어가라며 손인사를 했다. 그러자 하영 엄마가 다시 한 번 고개를 숙이며 핸드폰을 보았다.

"하영이요. 괜찮다고 학원에 가라는데도 자꾸 전화를 하네요."

엘리베이터 문이 닫히기 전에 하영 엄마가 전화를 받으러 돌아섰다.

안심 할매가 차에 오르며 말했다.

"우리 강아지가 많이 놀랐나 봐요. 어서 집으로 가요."

안심 할매는 학원이 끝나고 올 하영을 위해서 저녁을 차려 놓고 달래 줘야겠다고 생각했다.

안심 할매는 등받이에 기대어 잠시 눈을 붙이고 놀란 가슴을 쓸어내렸다. 차가 마을 앞으로 들어서자 안심 할매가 하우스 쪽을 가리켰다.

"트랙터를 한번 봐야겠어요."

"그걸 왜 래연 씨가 봐요. 다른 사람 시켜요."

교장 선생님이 걱정스럽게 말했다.

"내가 몰던 트랙터니 내가 봐야 잘 알죠."

안심 할매의 고집을 아는 교장 선생님이 조심스레 하우스 쪽으로 차를 몰았다. 안심 할매는 트랙터를 점검했다. 시동도 켜 보고 여기저기 꼼꼼히 살폈다.

"래연 씨, 전문가 같아요. 멋있어요."

교장 선생님이 엄지를 추켜들었다. 안심 할매가 피식 웃으며 대답했다.

"아이고, 다 컸다고 생각했는데 애기네요. 애 아빠가 조심성 없이 타다가 넘어졌어요."

안심 할매는 아들이 있으면 당장이라도 타박할 것처럼 혀를 끌끌 찼다.

"토마토 일도 바쁜데 하필이면 이때에. 하영이 밥이 문제가 아니라 하던 거나 마저 해야겠네."

"래연 씨가요? 승민이 아빠도 있고……."

교장 선생님이 놀라 안심 할매를 말렸다.

"승민 아빠는 놉니까? 다들 제 일이 있어요. 걱정 마요. 하영 아범한테 트랙터 운전 전수한 것도 나고, 하영 아범 없을 때는 내가 다 했어요."

트랙터 시동을 켜며 거침없이 일처리를 하는 안심 할매를 교장 선생님이 쳐다보았다.

"들어가요. 이따 연락할게요."

돌연 여전사로 변한 안심 할매를 보며 교장 선생님은 안절부절 못했다. 안심 할매가 교장 선생님에게 어서 가라고 손짓했다. 일에 방해가 되는 훼방꾼은 얼른 돌려보내는 게 상책이었다.

"제가 할게요."

"네, 할매는 들어가세요."

밭머리에 칸과 승민 아빠가 나타났다. 성큼성큼 다가온 칸이 안심 할매와 배턴 터치를 했다. 그리고 트랙터에 올라 퇴비로 쓰려고 만들어 둔 수단그라스를 펼치기 시작했다. 곧 땅이 뒤집히기 시작했고 토마토 농사의 밑거름이 될 수단그라스가 흙과 뒤섞였다. 승민 아빠는 삽을 들고 밭 가장자리로 가 기계의 힘이 미치지 않는 사각지대의 수단그라스를 뒤집어엎었다.

"고맙구면."

안심 할매가 말했다. 멀리 있는 칸과 승민 아빠에게 들릴 리 없는 혼잣말이었다. 정말이지 하영 아빠가 크게 다치지 않아 고맙고 함께 일할 동료가 있어 다행이었다.

한시름 놓은 안심 할매에게 저 멀리서 호아센이 달려왔다.

"왜 그래? 넘어질라 조심해."

"안심 할매, 우리 까미가 새끼를 낳을 것 같아요."

호아센이 숨을 몰아쉬며 말했다.

"얼마나 됐어?"

"양수 터진 지 삼십 분쯤 됐어요."

첫 출산이지만 오래 끌어서 좋을 게 없었다. 까미가 순산하도록 도와야 했다. 호아센을 따라나섰다. 안심 할매는 이런저런 일이 닥친 오늘이 귀하게 여겨졌다.

'이게 사는 거지. 고개 하나 넘으면 다른 고개가 나타나고, 이건가 싶으면 저게 답이고.'

삶은 드라마처럼 재방송이 안 된다. 사람뿐 아니라 까미도 그랬다. 태어나고, 새끼를 낳고, 부모가 되며 그렇게 살아갈 것이다. 안심 할매는 곧 세상 구경을 할 까미의 새끼들을 생각하며 잰걸음으로 호아센을 따라갔다.

"엄마, 까미가……."

제 엄마를 기다리던 하잉이 급하게 다가왔다. 하잉은 까미 걱정으로 곧 울음을 터트릴 것만 같았다.

"안심 할매가 왔으니 괜찮아."

호아센이 하잉을 다독였다.

"까미가 지 새끼 보는 거 싫어한다. 하잉은 들어가 있어."

안심 할매가 주위를 물린 후 까미가 있는 창고로 들어갔다. 식구들의 발길이 뜸한 창고는 창문 틈으로 쏟아진 빛으로 아늑했다. 까미는 불안한 듯 분만 상자의 깔개를 긁어 대고 있었다.

"호아센, 달력 같은 종이 좀 가져와 봐."

안심 할매의 말에 호아센이 종이 몇 장을 건넸다. 안심 할매는 달력을 손으로 비비고, 분만 상자에 넣어 줬다. 까미가 종이를 찢기 시작했다. 안심 할매는 옆에 비켜서 그 모습을 지켜봤다. 까미는 산통을 줄이기 위해 종이를 찢으면서도 본능적으로 새끼가 잘 나오도록 분만 자세를 했다.

"아이고, 용하다."

안심 할매는 가만히 손을 넣어 까미의 몸을 쓸었다. 까미가 안심 할매의 손을 핥았다. 안심 할매는 자신을 믿어 주는 까미가 고맙고 기특했다. 까미가 안심 할매의 손을 떠나 상자 안쪽으로 들어가 몸을 말았다. 안심 할매는 그만 나가야 한다는 걸 알았다. 사람이 할 수 있는 일은 여기까지였다. 이제 새끼를 낳고 뒤처리는 어미인 까미의 몫이었다. 안심 할매는 조용히 문을 열고 나왔다.

"할머니, 까미는……."

"하잉도 이제 동생 생기겠네."

"정말요!"

"쉿."

안심 할매는 수줍은 많은 하잉의 머리를 쓸었다.

"오빠가 까미 간식 사 온댔는데."

하잉이 마당 쪽으로 고개를 뺐고, 마법처럼 대문이 열리며 승민이 들어왔다. 가방을 멘 것이 읍내 학원에 다녀온 모양이었다. 승민이 간식 봉투를 하잉에게 흔들었다.

"오빠, 까미가 새끼 낳았어!"

하잉이 승민에게 달라붙었다.

"간식은 안 되고 이것부터 먹이자."

호아센이 주방에서 냄비를 들고 나왔다. 냄비에는 고기가 듬뿍 든 미역국과 밥이 먹음직스럽게 담겨 있었다.

"오빠랑 나랑 같이 줄래."

"하잉, 안 돼."

안심 할매의 말에 하잉이 아쉬워했다. 승민이 안심 할매에게 꾸벅 인사하며 하잉을 다독였다.

"응. 하잉, 새끼를 낳으면 어미가 예민해져서 스트레스도 받고 자기 새끼를……."

승민은 하잉이 이해하도독 잘 설명했다.

"오누이가 더없이 보기 좋네."

안심 할매가 호아센을 봤다. 그러자 호아센이 빙그레 웃었다. 안심 할매는 그들을 흐뭇하게 바라보며 조용히 승민네 집을 나왔다.

다음 날도 안심 할매는 무척 바빴다. 학교에는 체험학습서를 냈다. 하영 엄마가 병원에서 먹을 밑반찬을 좀 하고, 바로 하우스로 가서 일을 거들고, 점심 때는 일꾼들 새참 준비하며 일을 거들다 보니 하루해가 금방 저물었다.

늦게 집에 들어오니 하영이 안심 할매를 반겼다.

"할머니, 시집 왔어요!"

하영이 마당을 가로질러 와 상기된 얼굴로 시집을 내밀었다. 표지에는 안심 할매의 캐리커처가 그려져 있었다. 곱슬거리는 파마 머리와 주름진 얼굴이 누가 봐도 안심 할매였다. 화실을 운영하는 작은딸의 그림 솜씨였다. 학생들에게 그림을 가르쳐서인지 작은딸은 하영이와도 잘 통했다. 시집에 관한 일은 모두 하영이와 의논하고 결정하는 것 같았다. 안심 할매는 책으로 내겠다는 하영과 작은딸의 고집 덕분에 원고를 넘기기까지 수정에 수정을 거듭했다.

"아이구, 어째 좀 부끄럽네."

"부끄럽긴요. 정말 축하해요!"

호아센의 얼굴에 함박웃음이 피어났다.

하영이 소식을 알렸는지 승민의 식구들이 하영네 집으로 찾아왔다.

"오빠, 우리 할머니 멋지지?"

"응. 할머니 최고예요. 역시 우리 동네 시인!"

승민이 시집과 할머니를 번갈아 보며 말했다. 그런 승민을 보며 하영이 손가락 하트를 마구 날렸다.

"아이고, 무슨. 승민 엄마, 까미는 어때? 새끼들도 괜찮고?"

"네, 할매 덕분에 까미가 새끼도 잘 낳고, 몸도 좋아졌어요."

"그래, 다행이네."

"그나저나 저 사인 좀 부탁해요. 책값은 얼마예요?"

"이러면 안 되지만 첫 독자님께는 그냥 드리겠습니다."

하영이 열 권의 시집 중에 한 권을 호아센의 손에 들려주며 말했다. 승민은 사인할 펜을 할머니에게 건넸다.

사인을 받으려는 호아센 뒤로 하잉도 줄을 섰다.

"하잉, 미안해. 책이 얼마 없어서 이건 우리 가족들 봐야 할 것 같아. 사서 가지고 오면 사인해 줄게."

하영의 말에 하잉이 고개를 끄덕였다.

"아이고, 무슨 사인이여."

"할머니, 할머니 이름만 쓰지 말고 '하영이 할머니가'라고 사인해 줘요. 우리 할머니라고 자랑하고 싶단 말이야."

하영이 거들고 나서자 안심 할매는 마지못해 펜을 들었다.

"쑥스럽네잉."

안심 할매는 못 이긴 척 시집을 열고 최래연, 하영이 할머니가라고 사인을 했다. 오, 그런데 사인은 생각한 것보다 더 많이 떨렸다. 호아센이 영광이라며 손까지 잡자 마치 팬 사인회라도 하는 것 같았다.

"저도 당장 서점에서 주문해야겠어요."

승민의 말에 안심 할매가 그럴 필요 없다고 필요한 만큼 주겠다고 했다.

"오빠, 독립 서점에서 팔아. 여기에서 주문해."

하영이 핸드폰으로 시집의 구매처를 알려 줬다.

"승민, 내 몫으로 다섯 권 주문해 줘."

호아센이 승민에게 부탁했다. 책을 주문하는 사람들을 보며 안심 할매는 태어나 처음 느끼는 감정이 신기했다.

"할머니, 좋지?"

"응. 많이."

안심 할매가 고개를 끄덕였다.

"할머니가 진짜 부럽다."

하영이 할머니에게 팔짱을 끼며 말했다.

"참, 지금 교장 선생님이 발간 축하 저녁을 준비하고 있는데."

하영이 발딱 일어나 부엌으로 향했다.

"뭐, 교장 선생님이 우리 집에 있어?"

"응. 엄마 아빠 허락 맡고 지금 부엌에서 음식 준비하셔. 할머니가 밭에서 열심히 일하는 동안 학교에서 돌아온 교장 선생님이랑 나랑은 부엌에서 열심히 음식했어."

"제가 요리를 좀 하잖아요."

앞치마를 두른 교장 선생님이 서프라이즈처럼 부엌에서 나타났다.

교장 선생님은 요리를 잘했다. 하영이가 6학년 때 학교에서 조리 실습을 했는데, 학생 수가 많지 않아서 교장 선생님과 하영이네 반이 한 팀을 이뤄 스파게티를 만들었다. 1학년이었던 안심 할매는 같은 반 아이 둘, 담임 선생님과 김밥을 말았다. 그런데 요리 경력 50년 차 안심 할매보다 교장 선생님의 스파게티가 아이들의 입맛을 사로잡았고, 요리 경연은 하영이네 팀이 우승했다.

"배고플 텐더 손 씻고 와요!"

맛있는 음식 냄새가 모락모락 풍겼다. 냄새를 맡자 꼬르륵 배꼽시계가 울렸다. 마당가에서 손을 씻은 안심 할매가 말했다.

"하영아, 승민 아빠랑 칸도 불러와라."

"제가 재빠르게 불러왔어요. 할머니."

승민의 말이 끝나자마자 승민 아빠와 칸이 함께 들어왔다.

"안심 할매, 책 축하드립니다."

"축하드려요! 도내 백일장도 우승하고, 책도 낸 야매 시인이 어딨어요. 진짜 시인이지!"

칸과 승민 아빠가 한마디씩 하며 마당가에서 손을 씻었다.

"아이고, 부끄럽게. 하영아, 칸네 동료도 부르고 순이도 불러야지. 동일 씨, 음식은 넉넉히 했지요?"

"그럼요, 래연 씨네 식구되려면 그 정도 눈치는 있어야지요."

교장 선생님이 커다란 냄비를 들고나오며 눈을 찡긋했다.

"할아버지, 준비 다 됐어요."

하잉이 호아센과 함께 마당에 돗자리를 깔고 밥상을 준비해 놓고 말했다. 곧이어 순이를 뒤따라 라온이 들어오고, 칸의 동료들도 들어와 밥상에 둘러앉았다. 모두들 스파게티를 한 입씩 먹더니 감탄했다.

"이렇게 많은 양을 맛있게도 잘했네요."

안심 할매의 말에 교장 선생님이 화답했다.

"사랑의 힘이지요."

교장 선생님의 말에 모두 웃음을 터뜨렸고, 하영이만 "헐." 하며 얼음이 되었다.

"언니, 땡!"

하잉이 하영의 등을 툭 쳤다.

"할매, 칠순 잔치는 언제예요? 하영아, 책 주문 좀 받아 주라."

승민 아빠의 말에 하영이 승민을 보았고, 승민이 벌떡 일어섰다.

"제가 주문해 드릴게요. 사실 분들은 저한테 알려 주세요."

여기저기에서 손을 들어 주문했다.

"우리 동네 시인님의 시가 궁금한데 하나만 들려주면 안 돼요?"

승민 아빠의 말에 모두들 호응하며 박수를 쳤다.

"아이고, 부끄럽게. 아니야."

안심 할매는 얼굴까지 빨개지면서 손사래를 쳤다.

"할머니, 앞으로도 시집을 내야 하는데 그렇게 부끄러워하면 어떡해. 제가 읽어 드릴게요."

하영이 목을 큼큼 가다듬고 시집의 차례를 보더니 한 부분을 펼쳤다.

"교장 선생님, 그리고 승민 오빠 잘 들어 봐요!"

첫사랑

긴
시간을 건너
내게 이른 것

온통
내 삶을 감싸고
흐르는 그리움

 하영의 낭독이 끝나자 교장 선생님과 승민의 표정이 기분 좋게 달떠 보였다. 교장 선생님이 살짝 안심 할매의 손을 잡았다. 안심 할매도 교장 선생님의 손을 잡으며 생각했다.

 다가올 내일도, 모레도 온갖 일로 채워질 거다. 어제와 오늘이 그런 것처럼 내일도 살다 보면 어려운 일도 있겠지만 이렇게 손을 맞잡을 수 있는 사람들이 있으니 괜찮다. 다 괜찮다. 안심 할매는 왁자하게 떠들고 노는 동네 사람들을 둘러보았다.

중도 입국

하잉이 엄마와 산 지 몇 개월이 흘렀고 겨울 방학을 맞았다. 고생했다면서 승민 아빠가 케이크를 준비했다. 하영이 촛불을 켰고 노래가 끝나자 하잉이 촛불을 힘껏 불었다.

"하잉, 적응하느라 고생했다."

승민 아빠가 말했고 호아센이 빵 칼을 건넸다. 옆에서 까미도 축하한다는 듯 컹컹 짖었다.

"하잉, 고마워."

호아센이 하잉을 대견하게 쳐다보았다.

'이렇게 좋아하고 잘하는 마음이라면 진작에 데려오지.'

하잉은 엄마가 좋았다. 머릿속에서도 고생한 엄마를 이해하고 있다. 그런데 이상하게 마음 한구석에는 없애고 싶은 원망의 마음이 늘 고개를 들었다. 하잉은 애기 때 엄마와 헤어졌다. 엄마가 그럴 수밖에 없었다는 것도 안다.

'10년이 넘도록 딸을 찾지 않을 만큼 자기 삶이 중요했을까? 나 말고, 아빠가 오빠가 더 중요했겠지?'

언젠가는 엄마에게 갈 거라는 희망을 안고 산 지 10년. 그 시간은 기대보다는 당장에 데리고 갈 수 없는 아이라는 씁쓸함만 주었다. 엄마는 환경이 마련될 때까지라고 했지만, 사실은 승민 오빠가 안정이 되기를, 아저씨가 자기를 받아들일 수 있기를, 자신이 먼저 안정을 잡고 나서…… 그때까지 자신은 엄마에게 우선이 아니였던 게 서운했다. 머릿속에서는 아닌데, 마음은 왜 그게 서운한지 자신도 알 수 없었다. 한국으로 온 날 하잉은 묻고 싶었다. 하지만 자신의 물음은 엄마에게 죄책감을 줄 것 같아서 '10년이 지났어. 왜 지금이야?'라고 묻지 못했다.

엄마가 노력한 걸 하잉도 알고 있다. 베트남에서 자신을 돌봐 주는 이모에게 생활비를 보냈고, 이모도 하잉을 잘 보살폈다. 어쩌다 사촌들과 싸울 때면 이모는 하잉의 입장을 먼저 살폈다. 하잉은 자신이 사랑받고 있다는 걸 아는데도 마음이 늘 허기졌다.

"호아센 이모가 우리 엄마면 좋겠다."

사촌 린은 한국에서 호아센이 학용품, 옷 같은 걸 보내 줄 때마다 하잉을 부러워했다. 사촌과 동네 아이들은 한국에서 택배가 도착하는 날을 귀신같이 알았고, 그때마다 이모 집 마당을 기웃거렸다. 그럴 때마다 하잉은 좋아하는 척했지만 스며드는 외로움은 어쩔 수 없었다.

'한국으로 팔려 간 하잉네 엄마는 딸을 버린 게 미안해서 이런 걸 보내는 거야.'

물건을 구경하는 아이들은 자신들은 하잉처럼 버림받은 아이가 아니라는 사실을 당당한 눈빛으로 대신했다. 엄마가 보내온 좋은 물건은 종종 싸움의 소재가 되었고, 싸운 친구는 하잉이 버림받은 아이라는 걸 무기로 썼다.

엄마와 떨어져서 사는 하잉은 베트남에서 잘 살기 위해서 엄마에 대한 그리움을 싹 밀어냈다. 대신 미움의 씨앗을 뿌렸다. 미움은 어느 순간 원망으로 바뀌었고, 원망은 현실을 버티게 하는 힘이 됐다. 하잉은 엄마를 만나는 순간까지 그 힘을 잃지 않았다. 한글 공부와 한국 말에 열을 올린 것도 그런 이유에서였다.

엄마를 만나면 속사포처럼 쏟아질 것 같았던 말들이 꼬리를 감춰 버렸다. 승민 아빠는 세심하게 하잉을 살폈고, 하영과 승민은 친동생처럼 하잉을 챙겼다. 동네 사람들도 하잉을 반기며 챙겨 주었다. 몽골에서 왔다는 칸 아저씨와 동료들도 타지의 삶을 잘 아는지라 그들이 보내는 따뜻한 눈빛만으로도 용기와 힘을 얻었다.

'엄마는 날 버리고도 잘 살았구나.'

하잉은 동네 사람들의 환대가 이제 엄마를 받아들이라는 압박처럼 느껴졌다. 그래서 불편했다.

"동생들이랑 공부하느라 힘들지?"

아직 한국의 중학교 교과서를 따라가기 힘든 하잉은 안심 할매가 다니는 초등학교를 다녔다.

"괜찮아요. 선생님이 잘 챙겨 주세요."

"힘든 거 알아. 시간이 좀 더 지나면 괜찮아질 테지만 힘들면 언제든 얘기해."

승민 아빠가 케이크 한 조각을 떠서 하잉 접시에 담아 주었다.

"맞아요. 저는 아직도 시골 생활에 적응 중이라니까요!"

"정말?"

하영의 말에 호아센이 물었다.

"네. 쇼핑 한번 하기도 힘들고 버스 한 번 놓치면 차 시간도 길고, 무엇보다 여기가 난이도 최상이에요."

하영이 승민을 가리키며 말했다.

"내가 뭐……."

승민이 머리를 긁적이려고 하자 하잉이 승민의 손을 붙잡았다.

"아줌마, 그나저나 하잉 겨울옷 필요하지 않아요? 나도 쇼핑 갈 건데 하잉이랑 같이 가게요."

"사야지. 근데 여러 개 사야 해서 내가 한 번 데리고 가려고."

호아센이 하영의 말뜻을 눈치채고 말했다. 하지만 승민 아빠가 눈치 없이 끼어들었다.

"당신은 싼 것만 살 거잖아. 애들끼리 놀기도 하고 하잉 마음에 드는 걸로 사라고 애들끼리 보내."

"아휴, 애들끼리 읍내 한 번 나가면……."

호아센은 반대하고 싶었지만 하영이 있어서 차마 그러지는 못

하고 말끝을 흐렸다.

"엄마, 언니랑 갈게요. 네?"

하잉은 하영 언니와 가는 것도 재미있을 것 같아 주저하지 않고 말했다. 그러자 호아센이 마지못해 고개를 끄덕였다.

"얼른 애들한테 카드나 줘. 하잉, 언니한테 맛있는 거 사 주고 와."

승민 아빠의 다그침에 호아센은 어쩔 수 없이 카드를 하잉에게 내밀었다. 호아센이 승민을 봤다. '내가 못 가면 너라도.' 하는 얼굴. 승민은 벌써 피곤한 듯 곤란한 얼굴로 우물쭈물했다.

"오빠랑은 더 이상 쇼핑 안 해요."

승민과 몇 번의 쇼핑에 실패한 하영이 일침을 날렸다. 승민은 시무룩한 척했지만 집을 나설 때쯤에는 한시름 놓은 얼굴이 됐다.

"그럼, 저희는 쇼핑 갈 준비할게요. 하잉, 얼른 우리 집에 가자."

하영이 하잉에게 눈치를 주자 하잉이 재빨리 일어났다.

"버스 정류장이 아니고?"

승민 아빠가 두 아이를 올려다보며 물었다. 하영과 하잉은 킥킥거리며 집 밖으로 나섰다.

"하영이네서 꾸미고 가겠죠. 어휴, 쇼핑 가는데 왜 꾸미고 가는지 모르겠어요."

승민이 절레절레 고개를 흔들었다.

하영이네 집에서 쇼핑 갈 준비를 하고, 시간 맞춰서 나온 하영과 하잉은 무사히 버스에 올라탔다.

"언니, 나 여기 와서 버스 처음 타."

하잉은 신기한 눈으로 버스를 구경했다. 노랑, 파랑, 빨강 손잡이들이 산뜻했고, 날마다 쓸고 닦는지 창문도, 버스 바닥도 깨끗했다. 하잉은 베트남 버스가 떠오르자 슬며시 웃음이 났다. 학교를 오가는 버스에는 학생들로 바글거렸고, 짐이 실릴 때도 많았다.

"하잉, 한국 생활 힘들지?"

"아직 낯설긴 해요."

"그럴 거야. 친구도 없지, 놀거리도 없지, 환경은 낯설지. 그래도 오빠랑 내가 있으니까 힘내."

"응. 오빠가 공부도 봐 주고 잘 살펴 줘요."

"그치. 오빠가 그런 건 잘해. 오빠는 공부를 책임지고 노는 건 언니가 책임질게."

하영은 기대하라는 듯 핸드폰을 내밀었다.

"여기는 시골이라 우리가 입을 만한 예쁜 옷이 별로 없거든. 옷은 여기가 예뻐."

하영이 온라인 쇼핑몰 사이트를 열었다. 핸드폰 화면 안에서는 갖가지 모양의 옷이 차고 넘쳤다.

"와!"

하잉이 탄성을 질렀다.

"옷은 여기서 사고 우리는 영화 보자."

"영화요? 시골인데 영화관도 있어요?"

"읍내에도 있을 건 다 있어. 스크린이 바로 앞에 있긴 하지만 가격 착하고 얼마나 좋은데."

하영의 얼굴에는 자부심이 가득했다. 분명 하영도 하잉처럼 이곳 생활에 적응 중이라 들었는데 아닌 모양이었다.

그때 읍내라는 안내 방송이 나왔다.

"금방이지?"

하잉은 하영의 꽁무니를 따라 버스에서 내렸다. 읍내 공기는 도시 특유의 텁텁한 냄새가 섞여 있었다. 그 냄새에 하잉은 어쩐지 마음이 설레었다.

"일단 카페에서 뭐 먹으면서 옷을 골라보자."

언니가 가게를 가리켰다. 아이스크림과 빵 같은 걸 파는 카페였다. 하잉은 겨울에 먹는 아이스크림은 어떤 맛일까 궁금했다. 쌀쌀한 날씨에 아이스크림이라니 상상도 못 할 일이었다.

"하잉, 핸드폰 켜 봐. 자, 옷은 어떤 게 마음에 들어."

하영이 마음에 드는 옷을 온라인 장바구니에 담으며 쇼핑하는 법을 알려 주었다. 하영과 하잉은 아이스크림을 먹으며 한참 동안 키득거리며 옷을 골랐다.

엄마 아빠가 고생해서 번 돈이라는 걸 알기에 하잉은 옷을 몇 개 추려 장바구니에만 담고 엄마와 최종으로 고르고 결재하겠다고 했다.

하잉은 하영이 고마워 엄마 카드로 간식을 샀다. 하영이 점심을 샀고, 하잉이 영화표를 끊었다. 그렇게 놀다가 집에 가려는데 하영이 코인 노래방에 가자고 했다.

"케이팝 정말 좋아요!"

하잉이 반기며 하영을 따라나섰고 둘은 신나게 놀았다. 하잉은 전화를 진동으로 해 두어 엄마에게서 전화 온 줄도 모른 채 신나게 소리를 질렀다. 하잉은 하영이 좋았다. 하영은 거리낄 것도 없이 하잉의 속마음을 다 털어놓을 정도로 편했고, 마음도 잘 맞았고, 함께 노는 것도 정말 재미있었다.

베트남에 있는 사촌들이 많이 보고 싶을 줄 알았는데, 하영 덕에 하잉은 빠르게 한국 생활에 적응할 수 있었다.

'가족도 아닌데 이렇게 잘 맞다니!'

하잉은 하영 덕분에 몸과 맘이 개운했다. 하잉의 호주머니에 있는 핸드폰이 또 드륵거렸다. 하잉은 그제야 핸드폰을 보고 얼른 엄마 전화를 받았다.

"하잉, 어디야? 전화도 안 받고!"

잔뜩 화난 엄마의 목소리에 하잉이 귀를 기울여 통화했다.

"언니, 엄마가 지금 온대."

하잉이 하영의 귀에 대고 말했다. 그러자 하영이 노래방 기계를 껐다. 자신의 핸드폰에도 승민의 전화가 여러 번 와 있었다. 승민과 통화를 한 하영이 풀 죽은 목소리로 물었다.

"아줌마가 너 걱정을 엄청 했대. 우리 나온 지 얼마나 됐지? 깜깜해졌네. 미안.”

하영이 걱정스런 얼굴로 하잉에게 말했다. 하잉은 하영의 팔짱을 꼈다.

“아녜요. 언니 덕분에 재밌었어. 우리 버스 시간 아직 안 끊겼죠?”

“응. 간당간당 얼른 가자.”

하영과 하잉이 노래방을 나서는데 마침 호아센이 모는 트럭이 노래방 앞에 섰다.

“하잉!”

“아줌마.”

하잉도 하영도 호아센을 보며 깜짝 놀랐다. 일하다가 온 건지 작업복 차림이었다.

“아줌마, 설마 우리 찾으러 온 거예요?

“그래. 날이 깜깜해지는데 연락이 안 되니까. 읍내에서 너희를 한참 찾았어……”

“죄송해요.”

하영이 고개를 숙였다.

“별일 없으니까 됐어.”

하잉과 하영은 조용히 트럭에 올랐다. 하영 엄마의 전화를 받고 하영도 풀이 죽었다. 하잉은 자신 때문에 언니가 혼나는 것 같아서 미안했다. 하영네 집 앞에는 하영 엄마도 안심 할매도 나와 있었다.

"동생 데리고 나갔으면 날 어두워지기 전에 와야지! 전화도 안 받고 호아센이 얼마나 걱정했는 줄 알아!"

하영 엄마는 하영을 보자마자 등을 찰싹 때리며 말했다.

"됐다 됐어. 우리 강아지 얼른 들어가. 하잉도 잘 가라."

하영이 안심 할매에게 딱 붙어 집으로 들어갔다.

"호아센, 걱정시켜서 미안해."

하영 엄마가 호아센을 보며 말했다. 호아센은 아무 말도 없이 트럭에 올랐다. 하잉이 되려 미안해서 고개를 깊이 숙이고 트럭에 올라탔다.

"얼마나 걱정했는지 알아."

호아센은 내내 참았는지 그제야 울음을 터뜨렸다. 하잉은 그런 엄마가 어이없었다. 10년 동안 베트남에 혼자 두었으면서, 오늘 고작 하루 떨어진 걸로 연락이 안 되었다고 호들갑인지 이해할 수가 없었다.

"진즉에 그러지!"

하잉이 저도 모르게 툭 내뱉었다.

"뭐?"

호아센이 차를 운전하다 말고 하잉을 쳐다보았다. 한참 바라보더니 호아센이 말했다.

"그래. 미안해. 진작에 이럴걸…… 사는 게 뭔지. 내가 살아야 너도 데려올 수 있을 것 같았어."

호아센이 말했고 그제야 마음의 응어리가 흐물흐물 풀어진 하잉이 거침없이 말했다.

"살려고? 자기만 살겠다고 딸을 버려요!"

"버린 게 아니야!"

"자신까지 판 사람이 자식을 버린 게 아니라고? 살려고 그랬다고?"

"그래. 그리고 난 나를 팔지 않았어."

"팔지 않았다고? 그럼 뭔데?"

"그냥 답답한 삶에서 작은 희망이나마 꿈꾸고 싶었어. 그때 승민 아빠를 만났어."

하잉은 자신이 알고 있는 게 다 사실은 아닐 수도 있다는 생각이 들었다. 그렇다 해도 엄마에 대한 원망이 쉬 풀리지는 않았다. 외로운 하잉을 지탱해 준 힘은 엄마를 향한 아득한 미움이었으니까.

"승민 아빠 덕분에 난 살았어."

"엄마 덕분에 난 살아도 산 게 아니었어."

"그래. 미안해……."

호아센이 무너지듯 차 문을 열고 밖으로 나가 주저앉았다. 하잉도 차 안에서 참았던 원망을 쏟아 냈다. 원망을 쏟아 내면 개운할 줄 알았던 마음이 엄마에 대한 미안함으로 바뀌고 있었다. 그때 승민 오빠에게서 문자가 왔다.

하잉, 엄마가 너를 위해 써야 했던 시간을 내가 다 쓴 거 같아 미안해. 엄마처럼은 안 되겠지만 앞으로 내가 너와의 소중한 시간을 만들어 가고 싶다.

아빠, 엄마, 나, 내 동생 하잉. 우리 가족에게는 앞으로 좋은 일만 생길 거야. 힘든 일도 셋 보다는 넷이 낫겠지…….

하잉은 승민이 보낸 긴 문자를 보고 울었다. 하잉은 엄마에 대한 원망이 승민 오빠에 의해 풀어지는 게 신기했다. 하잉은, 이곳에 온 첫날 친엄마를 향한 승민 오빠의 눈빛만 보고도 자신과 승민이 같은 마음임을 알았다. 그 눈빛 때문인지 오빠에 대한 질투도 반감도 생기지 않았다. 친엄마에 대한 원망과 미움이 승민 오빠한테도 있을 텐데 오빠는 정말 어른처럼 자기 마음과 일을 잘 대처하는 것 같았다.

호아센은 승민 아빠랑 통화하는 것 같았고 한참 밖에 있다가 마음이 좀 진정되었는지 다시 차에 올랐다.

"하잉, 그래 엄마 많이 미워해. 솔직히 속상하기도 한데 내 앞에서 나를 미워해 주는 것도 참 고맙다. 아빠랑 오빠가 걱정해. 얼른 가자."

호아센이 몰던 트럭이 집 앞에 도착했다. 찻소리에 까미가 나와 컹컹 짖었고, 승민 아빠와 승민도 대문 밖에서 둘을 기다리고 있었다. 하잉은 아무렇지도 않게 차에서 내려 까미를 안았다.

"이한치한이라고 추운 날엔 아이스크림이지. 당신은 팥 찰떡 아이스, 하잉은 딸기맛 찰떡 아이스!"

"동네 슈퍼에는 종류가 별로 없어서 학원 끝나고 내가 읍내 편의점에서 샀어요. 아빠가 산 게 아니라."

호아센과 하잉의 기분을 맞춰 주려는 듯 승민이 말했다.

"오빠, 최고!"

하잉이 승민의 팔짱을 끼고 집 안으로 들어섰다. 승민 아빠도 호아센의 어깨를 감싸며 뒤따라 들어섰다.

하잉, 아줌마 살벌하던데. 무사 생존?

아, 무사 생존은 무사히 잘 살아 있냐는 뜻이야.

하잉네 가족의 웃음소리 속에서 하영이가 보낸 핸드폰 문자음이 조용히 울렸다.

문해 학교 할머니들을 만난 건 행운이었다. 코로나 전에 있었던 일이니 벌써 5년이 훌쩍 지난 이야기이다.

스무 명에 가까운 어르신들이 글을 깨치기 위해 모였다. 대부분이 까막눈이었지만 그중에는 글을 아는 분도 여럿 있었다. 어르신들은 세련되지 않지만 제법 긴 문장으로 자신의 생각을 표현하셨다. 글을 몰라 겪었던 불편함과 아쉬움을 채우기 위해 열심이었다. 시간이 지날수록 일상의 소소한 얘깃거리가 글이 된다는 사실에 아이처럼 즐거워했다.

그때 『눈치 게임』을 구상했다. 글은 몰라도 사는 이치는 훤히 꿰고 있는 이들이었다. 그러자 자연스럽게 속 깊은 할머니와 발랄한 손녀의 이야기가 떠올랐다. 거기에 노년의 사랑과 이주 노동자의 사연이 겹쳐졌고 다문화 이야기가 합쳐졌다.

이야기 속 주인공들은 어디에나 있다. 우리가 눈여겨보지 않을 뿐이다. 그리고 생각보다 우리 가까이 이웃으로 존재한다. 이주 노동자가 그렇고 이주 여성들이 그렇다. 한국에 온 엄마를 따라 중도 입국한 아이들도 있다.

문화와 언어가 다른 낯선 환경임에도 이들은 성실하게 자신의 삶을 산다. 힘들어서 혹은 돈이 적어서 외면한 우리의 빈 곳을 당당히 채우면서 말이다. 그럼에도 불구하고 가끔은 다르다는 이유로 세상 밖으로 밀려나는 경우도 종종 있다. 안타까운 일이다.

소설에 등장하는 인물의 성격을 통해 상처를 껴안을 방법에 대해 고민했다. 무엇보다 가끔은 알아도 모른 척해 주는 마음 깊은 배려를 통해 공동체적 연대를 모색했다.

겨울이 깊다. 뜨거운 여름을 지나는 동안 책이 나올 수 있도록 힘써 준 여은영 편집자께 감사를 전한다. 또한 '배봉기 아카데미'의 배봉기 교수님과 문우들에게도 고마운 마음을 보낸다.

2023년 겨울
정해윤